文春文庫

奥様はクレイジーフルーツ

柚木麻子

文藝春秋

奥様はクレイジーフルーツ◉目次

装画　網中いづる

奥様はクレイジーフルーツ

西瓜のわれめ

三十歳にもなればお酒は失敗の言い訳にならないが、その西瓜のソルティ・ドッグは羽生《はぶ》ちゃんが絶賛するだけのことはあり、喉越しがよく後味さわやかで、初美《はつみ》はグラスを次々に重ねてしまった。夫が編集者という仕事にしては珍しい下戸《げこ》のせいで、結婚してから飲む機会が減ったぶん、美味しく感じるのかもしれない。

「これ、まんま西瓜の味だね。懐かしい。塩が効いてる。どんどん飲めちゃうね」

八月の終わりにして、初美にはその年初めての西瓜だった。薄い赤のカクテルで満たされた細長いグラスの縁には、小粒のダイヤモンドのように岩塩が輝いている。日本橋の老舗バーにふさわしい洗練されたルックスながら、しょっぱさが引き立てる青くほの甘いその味は、夏休みの宿題、砂浜や蚊取り線香の香り、夕方のアニメの再放送を一気に蘇らせた。この店は旬のフルーツを使ったソルティ・ドッグで有名らしく、カウンターには果物が山盛りになったガラス皿がいくつも置いてあり、薄闇に甘い香りを放っている。金曜日の夜だというのに、初美たちの他に客の姿はない。

「かれこれ、三週間くらいしてないよ。こっちから誘っても拒まれるばっかりだし。彼女が眠い時は、俺が元気で。俺が倒れている時は、彼女が元気で。で、いざいい感じになると、今度は娘が起きちゃうし」

　羽生ちゃんがこれまで決して口にしなかったような話題を振ってきた時も、心も身体もふわふわしてきたせいか、気にならなくなっていた。アクセサリーデザイナーという職業柄、普段はほとんど人に会わないので、気の置けない同級生であれ、異性と並んでバーカウンターに座るのは新鮮だ。夫は校了日で、どうせ明日にならないと帰ってこない。夕食の準備を気にせず好きなだけ飲んで帰ろうと思った。

「大学病院の看護師さんなんて、ハードだろうねえ。おまけに保育園に通うお嬢さんがいるなんて、考えただけで大変そう。尊敬するよ、羽生ちゃんの妻さんを」

　羽生ちゃんの携帯電話の待ち受けの、彼によく似た小さな女の子を抱いた、一重の目がきりりと有能そうな、浅黒い肌の美人を思い出す。

「渡辺《わたなべ》さんのとこは、あ、今は島村《しまむら》さんか。子供つくんないの？」

「渡辺さんでいいってば。私が彼の子供みたいなもんだからなあ。まあ、いずれは欲しいと思ってるけど」

　夫に「はちゅ」なんて呼ばれて、膝に乗って甘えていることを知ったら引くだろうな、と思って、初美は肩をすくめた。守るべき存在がいるというだけで、羽生ちゃんが自分よりはるかに大人に見えた。かつての仲間に子供扱いされまい、と思うと、ついつグラスを空けるピッチが速くなる。

「夫さん、いくつだっけ」

「来月で三十五歳かな。五歳上」

大学のゼミで仲が良かった程度の初美は、羽生ちゃんの結婚式には呼ばれなかったし、それはこちらも同じだ。卒業以来、思い出すこともなかった羽生ちゃんとこうして飲んでいるのは、初美が個展で使うギャラリーのある京橋のビルの二階が、偶然にも羽生ちゃんの勤める会計事務所で、先週、ばったり再会したためだ。羽生ちゃんは学生の頃より、やや顔がむくみ始めたものの、人なつこいまなざしと、への字の分厚い唇は変わらない。童顔でまだ学生っぽさの抜けない風貌ながら、スーツもなかなかよく似合っている。

「いやー、うちなんてもうずっとセックスしてない。三週間なんてもんじゃないよ」

誰かにこの話をするのは初めてだ。酔っているせいもあるが、羽生ちゃんと夫がこの先も顔を合わせることがない、という安心感が大きい。

「三ヶ月とか。いや、四ヶ月かな」

予想していたこととはいえ、羽生ちゃんがぎょっとした顔で、こちらを覗き込んだので、初美はわざと陽気にソルティ・ドッグをあおってみせた。内心、やっぱり人が驚くような数字なんだと実感し、かなり傷ついていた。

「まじか？　え、ちょっと待って。渡辺さん、結婚してまだ三年とかでしょ」

グラスの縁についた塩をなめとりながら、初美は自然と早口になった。

「いやあ、彼そもそも、あんまり性欲ないみたいなの。誘うのはいっつもこっちからだし、たまにセックスに至っても最後までいくこと滅多にないし」

「夫さん、女性誌の編集者だっけ。まあ、普通よりか疲れてそうだよなー」

羽生ちゃんが、ソルティ・ドッグのおかわりを注文しながら、こちらを労《いたわ》るようにつぶやいた。歯の奥で、塩のかたまりががりりと壊れていく。ベッドに横たわるなり、すぐに鼾《いびき》をかき始める夫にどうやったらその気になってもらえるか、初美にはもはやよくわからない。一番の問題は、セックスしなくても、夫と初美がとても仲良く、楽しく生活している点かもしれない。歩くときは必ず手をつなぎ、お風呂は一緒に入り、ハグもキスも欠かさない。現に、こうして口にするまで、それほど深刻な事態とは思っていなかったのだ。こちらの心情を推し量ったのか、羽生ちゃんは考え考え言った。

「難しいよね、夫婦って。大切に労りあうほど、エロいところからは遠ざかる気がする。恋人時代は俺だってさ、夜勤でクタクタの彼女に平気で襲いかかっていたけど、今じゃさあ、俺の欲求に付き合わせるくらいなら、五分でも多く眠って欲しいもん。実際、おっぱい触るより、足のマッサージしてあげた方が、向こうは喜ぶわけだしさ」

「わかる、わかる。私もさ、『疲れているから』ってやんわり拒まれる度にね、その手を彼の肩や腰に移動して、マッサージするの。そのせいでやたら、マッサージが上手くなっちゃってさ。アクセサリーが売れなくなったら、マッサージ師にでもなろうかなあ」

言いながら、初美は身を乗り出してカウンターの奥を覗き込む。白髪の男性バーテンダーが、半分に切った小玉西瓜をスプーンでくり抜いてるところだった。赤い汁が飛び散り、瓜科のみずみずしいにおいが辺り一面に広がる。

「ねー、赤ちゃんとか小さな女の子って、西瓜のにおいがしない？」

返事がないので、羽生ちゃんを見ると、彼の視線が斜め下を向いていることに気付いた。

「おっぱいが、テーブルの上に載ってるんですけど」

お前、訴えるぞ、とあきれて言いかけ、初美は羽生ちゃんの白目が見たこともないような濁り方をしていることに、はっとする。顎を引いて、薄い素材のブラウスに自作のロングネックレスが重なった胸元を見下ろした。羽生ちゃんの指摘通り、カウンターの上には、ずしりと初美の乳房があずけられている。自分の身体と分離しているような、じっとり湿った量感を感じさせていた。耳まで熱くなったが、身を引いて背中を伸ばしたら、余計に気まずくなる予感がして、初美はそのままにしておくことにした。胸やお尻が目立つむっちりした身体であるのは認めるけれど、自分のことを色っぽいとか魅力的だと思ったことはない。昔からお調子もので、喜ばせること、笑わせることが好きだった。結婚するまでのいくつかの恋愛も、好きになるのはいつも自分からだった。

「昔から、渡辺さんそうだったよな。おっぱいが必ず机に載るの。隣で講義受けている時、目のやり場に困ったよ。あれ、誘われてんのかと思った」

羽生ちゃんが自分をそんな目で見ていたことに心底驚き、腹立たしいようなちょっと嬉しいような、複雑な気分になった。意地で、乳房をカウンターに載せたまま、ソルティ・ドッグのおかわりを頼んだ。羽生ちゃんはいつまでも黙っている。何でもいいからこの空気を変えねば、と忙しく頭を巡らせるうち、手がすべってカクテルを派手にこぼしてしまった。赤い染みが胸に広がり、ふわりとしたブラウスが一瞬で身体に張り付く。初美はぬぐうことも忘れ、あーあ、とつぶやき、ぼんやり見下ろしていた。服にしょっちゅう食べこぼしを付ける初美に、綺麗好きな夫はあきれた顔をしながらも、マメに染み抜きをしてくれる。

「もしかして今、中に着ているのって、ユニクロのブラトップ？」

突然、羽生ちゃんが、ブラウスの胸元に手を差し込み、肩ひもに指をかけたのにはびっくりしたが、何故だか振り払えない。

「妻が授乳の時につけてたのと同じだ」

話の方向が元に戻りそうなので、初美はこれ幸いと、ぺらぺらと喋り出した。

「あー、妊娠した友達もそう言ってた。確かにおっぱい出し入れしやすいよね。楽だし、安いし、ガンガン洗えるし。一度おっぱいがこの楽さを知ると、もう二度とブラジャーには戻れないよね。考えた人、天才。……って、ちょっと、羽生ちゃん！　えーっ！」

羽生ちゃんの指がブラトップの襟ぐりをすべっていくではないか。酒くさい息が頬にかかり、彼もまた酔っていることがわかった。

「渡辺さんがいけないんだよ。おっぱい、おっぱい連呼しやがって」

こちらの表情を窺《うかが》いながら、羽生ちゃんは五本の指で胸の谷間をなぞり、乳首の周辺を行き来する。身体中の産毛が逆立つのを感じつつ、羽生ちゃんが意外にも手慣れているので、こいつ、こう見えてかなり遊んでいるのではないか、と初美は思わずにらみつけてしまった。優しい夫、いいパパもやりながら、妻以外の女をちょいちょいつまみ食いしているのかと想像すると、その振り幅と余裕が心底にくらしくなった。

「渡辺さんさあ、妊娠しているわけでもないのに、楽なタンクトップなんて身に着けてるから、セックスレスになるんじゃないの。ちゃんとブラジャー着けないとダメだよ」

初美の乳房の手触りを一通り味わうと、羽生ちゃんはブラウスから素早く手を引き抜き、マイルドセブンに火をつけた。ほっとして胸元をかき合わせながら、初美は強烈に物足りない気がした。羽生ちゃんの手をつかんで、乳房に引き戻したい衝動にかられている。身体が熱くて仕方がない上、足の間が潤んで大変なことになっていた。ショートパンツなんて穿いてくるのではなかった。今にも太ももに透明な液がつうっと流れて、バーの床を汚してしまいそうで気が気ではない。羽生ちゃん相手に自分がこれほどいやらしくなるなんて、これは悪い夢だろうか。もしかして、カクテルに催淫剤でも入っているのでは、とバーテンダーを盗み見ると、彼は後ろを向いてレモンを搾っているところだった。もしかして、見て見ぬ振りをしてくれているのかもしれない。

酩酊《めいてい》していて頭が上手く回らないが、必死で現状を整理する。夫が大好きで、今の生活に不満はない。夫の悲しむ顔を想像しただけで、胸が締め付けられる。それなのに、羽生ちゃんの手の感触を全身がもっともっとと求めていた。羽生ちゃんなんて、どう考えても、好きでもなんでもないのに。息が荒くなっていることを悟られまい、と初美はきっと目を吊り上げ、拳でカウンターを叩いた。

「羽生ちゃん、あんたにゃ、がっかりだよ。パートナー一筋かと思ってたのにさ！」

「妻一筋だよ。でもさ、いいじゃん。ちょっとくらい。俺、彼女以外の女を知らないんだもん。このまま、月に一度のセックスだけを楽しみにこの先何十年も生きていくかと思うと、時々気が遠くなりそうになるんだ。そういう風に思うことない？」

いつの間にか、初美のむきだしの太ももに羽生ちゃんの手が伸びていて、抜け目なく撫でさすっているが、振り払うよりも質問が先だった。

「え、ちょっと待って？　パートナーだけ？　本当？　他に付き合ったことないの？」

「そうだよ。渡辺さんは、このエロい身体を武器に、結婚前は、さんざっぱら男とやりまくったんだろ。ずるくねえ？　少しは俺にもおすそわけしてくれたっていいだろ」

太ももを触っていた指がショートパンツの中にまで侵入し、足の付け根の小さな骨に触れている。その間にも、粘ついた目つきで上から下まで眺め回され、全身にじんわりと汗が滲んできた。もしかして、独身の頃よりも感じやすくなっているのかもしれない。

「この近所に、残業で終電を逃した時に使うビジネスホテルがあるんだけど」

「行かないよ！」

きっぱりと否定しながらも、夫が朝まで帰ってこないことを、脳内で冷静に確認していた。

「俺は問題ないよ。今夜、娘はおばあちゃんちだし、妻は夜勤だし……」

「大人って汚い！」

「渡辺さんには俺がちょうどいいと思うよ。浮気相手、他にいるの？　渡辺さんの事情も考慮してくれて、絶対に秘密を守ってくれる相手」

羽生ちゃんと自分のニーズが、奇跡のようにぴたりと一致していることに、初美はぎょっとなる。それでも、力を振り絞って、彼の手を払いのけ、まるで安いドラマみたいだなあ、と恥ずかしく思いながらも、こう叫んだ。

「私たちの友情はどうなるのよ！」

「俺たち、そんなに仲良くないじゃん」

それもそうだ、と初美はうつむいた。正直なところ、今ここに布団があればどんなに良いか。バーテンダーの目を気にせず、裸になって羽生ちゃんとなだれ込みたい。羽生ちゃんの性器をじんわりと握りしめたい。乳首を刺激して欲しい。舌を絡ませあって長いキスがしたい。自分がどれだけ飢えていたのか、嫌というほどよくわかって、惨めだった。ただの飲み会が、どうしてこんなことになってしまったのか、もはやよくわからない。

それでも、あらんかぎりの気力と理性をかき集めて、席を蹴って立ち上がる。

「私、帰らなきゃ。さよなら」

一瞬、バー全体の景色がぐらりと揺れた。ドアまでがやけに遠く思える。久しぶりに濡れたせいか上手く歩けず、カウンターにつかまりながら一歩一歩、根性で進んだ。

「待って、渡辺さん。もう電車ないよ」

やっとのことでバーの扉を押すと、たっぷりと水分を含んだ熱気で、押し戻されそうになる。地上まで続く階段がとにかく長い。エスカレーターを逆走しているかのようで、少しも先に進まず、会計を済ました羽生ちゃんにすぐに追いつかれた。狭い階段で、羽交い締めにされ唇を奪われると、腰から力が抜けていくのがわかった。舌を使うキスは久しぶりで、さすがたった一人の女性と長く愛し合っているだけのことはあり、動きに出し惜しみがない。他人の舌のざらつきに、初美はうっとりした。羽生ちゃんの薄い肩越しに、日本橋の四角い空とまんまるの満月が見え、形だけではあるが、救いを求めてふにゃりと片手を伸ばした。

*

強い水音で目が覚めた。

真っ先に目に飛び込んできたのは、横に広がった自分の胸だった。ユニクロのブラトップに包まれた胸元は、羽生ちゃんの言う通り、冗談のように白くまるまると大きい。しっかりしたブラジャーを買うべきなのだ、と初美は反省した。跳ね起きて全身を見下ろすと、ブラウスは着ていないけれど、下半身はショートパンツをちゃんと身につけていた。カーテンからこぼれる強い日差しから察するに、もう昼過ぎだろう。頭が痛み、胃がひりひりしている。寝室を出ると、向かいの洗面所の扉が開いているのに気付いた。パジャマ姿の夫がひょろりと長い上背を丸めて、初美のブラウスを叩き洗いしていた。

「おはよう、はちゅ。これ、何の染み？　なかなか取れないんだ」

額に飛んだ水しぶきをぬぐいながら、夫は振り向いた。彼が広げた濡れた布には、ピンク色の細長い染みが広がっている。今、この場所にいることが奇跡に思え、初美は思わず、夫の痩せた背中に抱きついてしまった。胸がぐにゃりとつぶれて、広がるのがわかる。自分はよく頑張った方だと思う。戦地から命からがら帰還した、兵士の気分だった。

「西瓜のソルティ・ドッグ」

「へえ、美味しそうだね。楽しかった？　えーと、羽生ちゃんだっけ。びっくりしたよ。朝帰ったら、玄関で服着たまま、はちゅがぐうぐう寝ているんだもん。アクセサリーは外しておいたよ。寝ている間に巻き付いて首がしまると恐いから」

校了日明けでくたくただろうに、こちらを気遣ってくれるのが申し訳なかった。それでも、これだけは言わなければ——。初美は勇気を振り絞り、夫の細い腰に回した手に力を込めた。心拍数と熱は彼にも伝わっているはずだ。

「啓介《けいすけ》さん。ねえ、これからセックスしようよ。そうじゃないと、私、欲求不満でどうにかなっちゃうかも」

彼は何も言わなかった。ややあって、初美の腕の中で、夫の背骨が動いた。

「うん。今度ね。今はね、くたくたなんだ。はちゅも二日酔いでしょ。もうちょっと寝たら、ブランチにしよう。駅前にできたパンケーキ専門店に食べにいこうか」

そうだね、とつぶやき、初美は身体をそろそろと離し、洗面所を後にした。この夫と、あと四十年、いや五十年、一緒に生きていかなければならないのだ。三十四歳の今、ここまで淡白ということは、この後、セックスの回数はどんどん減っていくのだろう。気が遠くなりかけたが、それでも、彼と一緒に生きていきたい気持ちに揺らぎはない。しかし、この幸せを守るためには、性欲のはけ口が別に必要だ。初美は、玄関先に投げ捨てられたバッグから携帯電話を取りだすと、リビングを通り抜ける。カーテンを勇ましく開け、ベランダに出ると、あまりのまぶしさに目がくらんだ。街路樹の蟬の鳴き声が耳に焼け付くようだった。初美はベランダの手すりにもたれて、向かいのマンションの洗濯物を見つめながら、深呼吸をし、羽生ちゃんに電話をかけた。五回の呼び出し音のあと、彼の声がしたので、一息に言った。

「羽生ちゃん、今日、時間ある？　三時間でもいいんだけど」

「渡辺さん？　はい？　え？　何言ってるの」

昨晩の情熱はどこへやら羽生ちゃんの声はすっかり冷静になっているので、戸惑った。

「何って……」

すべて夢だったんじゃないだろうか、と初美は一瞬自分を疑ってしまう。バーの階段でキスをした後、初美は必死で彼を押しやり、這うようにして階段を上り、油断すると羽生ちゃんにからみつきそうになる下半身に必死で言うことを聞かせ、やってきたタクシーに夢中で飛び乗ったのだった。いいや、あれが夢であるはずがない。背後を気にして、声を低くした。

「羽生ちゃん、心は決まったよ。浮気しよう。あなたの言う通りだった。夫がその気になるのを待ってたら、私、おばあさんになっちゃう」

「渡辺さん、大丈夫？　何言ってるの？　まだ、酔ってるの？」

羽生ちゃんの声は完全に困惑している。

「あのさ……。昨日は俺、酔って変なこと言ったかもしれない。でもさ、酒の席のこと、真に受けられても困るよ。お互い、大人でしょ。妻が夜勤明けなんだよ、彼女を起こしたくないからもう切るよ。じゃあね」

迷惑そうな声とともに電話は切れた。初美はぽかんとして携帯電話を見つめた。夫どころか、羽生ちゃんにも拒否されるなんて。自分はこの状況に一体、どう折り合いを付ければいいのだろう。そして、にわかに正直になってしまった自分の身体と、今後どう向き合っていけばいいのだろう。誰も裏切らない方法が思いつかない。

心底途方にくれて、顎を引き、手すりの上でひしゃげた重たい胸を見下ろす。通りを行くプール帰りの小学生たちが、初美の乳房の上を歩いているみたいに見えた。さらさらした汗の粒が、まるで涙みたいに、ブラトップの中を何回もすべり落ちていく。

蜜柑のしぶき

蜜柑だけが、この汗ばむような空気から自分を救ってくれる。

初美は、ひんやりした橙色の果実を力一杯握りしめたくなった。酸っぱい果汁が四方に飛び散り、頰や顎、それどころかこたつ板とこたつ布団まで汚れる様を想像すると、頰の奥がきゅんとくぼむ。義弟のこちらに向けられた力強い眼差しを出来るだけ避けるために、もう三個目になる蜜柑をわざとゆっくり筋取りしているところだ。職業柄、またたく間に筋を取り除いてしまう器用な指先が憎い。爽やかなにおいが二人の間に流れているのが、分厚いマスク越しにもわかった。気まずくて仕方がないのに、腰を上げる気が起きないのは、本当にこたつのせいだけなのだろうか。

テレビに映るお正月番組に、しばらく見かけなかった女性歌手が姿を現したので、これ幸いと身体をそちらに傾けた。もう少しボリュームを上げて賑やかにしたいのだが、リモコンはこたつの向かいに座る、貴史《たかし》くんの手に握られていた。あたかもこの場の主導権を彼に奪われているような錯覚を覚える。テレビに気を取られている様子で、明るくひょうきんな兄嫁として振る舞うのが、今の初美に出来る精一杯だ。

「ねえねえ、貴史くん、この曲知っている？　私が高校生の時、流行ってたんだあ。今聞くとなんの意味もない歌詞だよね。九〇年代のポップスってこうなんだよなあ。コギャル全盛期で、アムラーブームでさあ。私でさえすっごく短いスカートでルーズソックスはいてたんだよ。おへそもよく出したもんだなあ。それで母に怒られて……」

義弟が困ったように口を曲げている。あからさまに性的な発言をしてしまったことに気づき、慌てて話を変えた。

「あ、貴史くんにわかるわけないよね。私が十七の時、えーと……」

「……十二歳っす」

「そうそう、小学生だもんね。そうだよね。私が女子高生の時の流行りなんてわかんないよね。私なんてもうおばさんだもんね。今年で三十一歳だもん。下手したら、もう中学生の子がいてもおかしくないもんね」

うっかり口にしてしまい、自分で自分にショックを受けてしまう。義父も義母もせかしたりなどしないが、もう結婚四年目。子供が一向に出来る気配がないことが、誰にとがめられているわけでもないけれど、次第にプレッシャーになりつつある。何よりも、一体いつになったら夫とのセックスは再開するのだろう。去年の夏に誘いをはぐらかされて以来、五歳年上の夫、啓介がマッサージやハグ以外の目的でこちらに触れることはなくなった。互いを大切にし、仲良く暮らしているのに一体どうしてなのだろう。

突然、懐かしいポップスが途絶える。顔を上げると、貴史くんがリモコンを宙に差し出し、テレビを消したところだった。寒くもないのに背中がぞわりとして、思わず身震いする。完全な沈黙が訪れ、その視線を一層強く感じた。こうして男とこたつにあたることさえ、もはや卑猥《ひわい》に感じられてくる。真上から見たら、向かい合わせで足を差し合い、なんだか二つの肉体がこたつを介してつながっているみたい――。

年末年始は、御殿場でわさび園を営む夫の実家で過ごす。二日の箱根駅伝の観戦に家族揃って出かけるのは恒例行事だ。

夫は常に、編集者の自分に代わって家業を継いだ弟を気にかけている。兄のアドバイスもあって、貴史くんはわさびの栽培だけではなく、敷地内にカフェを開いてバイトをたくさん雇い入れ、わさびを使ったケーキやアイスを販売する事業を成功させた。二人の絆と信頼関係は父親の違う兄弟とは思えないほどだ。まだ幼かった息子を女手一つで育てていた義母が、勤め先のわさび園主人である義父と再婚し、生まれたのが貴史くんだった。

こうして過ごす正月は初美にとって三回目だが、貴史くんと差し向かいになるのはこれが初めてになる。一時間前に富士浅間《せんげん》神社に初詣に出かけた夫らは、一体いつになったら帰ってくるのだろう。彼と二人きりで過ごすことを知っていたら、風邪気味で労られているとはいえ、無理をしてでもついて行ったはずだ。マスクをいっそ目のところまでズリ上げて視界を完全に覆ってしまおうか、と本気で考えてしまう。

なにしろ貴史くんと見つめ合っているだけで、よからぬ妄想が次から次へと襲ってくるのだ。農作業で鍛え上げられたしなやかな身体に日に焼けた肌。首回りのくたびれたトレーナー姿という出で立ちにもかかわらず、若さでまぶしいほどだ。特にがっしりと太い首と筋っぽい大きな手ときたら。むせかえるような濃く湿った空気を放っている。

もちろん、知的な雰囲気のハンサムである夫の方がはるかに好みだが、貴史くんには一種野性的な抗《あらが》いがたい魅力があった。さらに彼がまるで自分の身体を恥じているかのように背中を丸め、無口で不器用そうにのそのそしているところにもくすぐられる。義母は「いい年して、口下手で家に居てばかり、あんなんじゃ誰にも来てもらえないわよ」と笑っているが、いやいや、このフェロモンを女が放っておくわけがない。彼は普段、誰とどんなセックスをしているのだろうか。もしかすると本当に女っ気がなく、その魅力的な肉体をもてあましているのかもしれない。まるで自分と同じように。そんなこと考えるべきではないと、言い聞かせれば言い聞かせるほど、彼の首筋や指に目がいってしまう。

それに、この人は私を見過ぎている――。思えば、結婚の挨拶の時からそうだった。黒目がちの瞳は、常に初美の身体を貫くかのようだった。

大丈夫。大きめのニットワンピースとレギンスは、大きな胸やウエストから腰にかけてのラインや足をすっぽりと隠している。露出度がここまで低い上にすっぴんのマスク姿。色気のかけらもないはずだ。唯一華やかなアイテムといえば、首から下げている自作の大ぶりネックレスだが、そんなものが無骨な貴史くんの目を引くはずもない。

もし、彼を惹きつけるものが自分にあるとしたら、それはきっと――。やはりそうだろう。経験上、いやらしいことを考え続けると、それは必ず異性に伝わってしまう。もともと、少女の頃から心の中が顔に出やすいたちだった。夫婦のセックスが完全になくなって、今日で八ヶ月と四日。どんなにほがらかに振る舞おうと、全身から欲求不満がにじみ出ていることは間違いない。ただでさえ、このところ自分はおかしい。コンビニの店員、タクシーの運転手、整体の先生、ギャラリーに来る客。手が触れるだけで、視線が合うだけで、身体がかすかにぶつかるだけで、まったく好みではない相手であれ、この人とセックスしたらどうなるのだろう、とかなり細かいところまで想像出来てしまうのだ。初美は心のよどみを振り払おうと、極力おどけた顔つきで口を開いた。

「蜜柑を食べ過ぎると、手足が黄色くなるって言ってたよね～。子供の頃」

彼の態度は変わらない。ぶっきらぼうに「そっすね」とつぶやき、視線を少しも動かそうとしないのだ。

「貴史くんが子供の時ってどういう子だったの？　……えっ」

にわかには信じがたい異変に初美は言葉を切る。でも、確かに。こたつの中の膝小僧にかすかに何かが触れるのを感じている。まるでこちらの反応を観察するかのように、貴史くんは姿勢をそのままに、じっとこちらの様子を見つめている。

　まさか……。なんだか息苦しくて、思わずマスクを顎へとずらす。プルンと唇がこぼれ出たのが自分でもわかった。長いことマスクの湿り気に閉じ込められていたそれは、しっとりとピンク色に輝き、誘うように甘い息を漏らしているだろう。貴史くんのつま先がいよいよこちらの足の間に分け入ってくるのを感じ、古びた木の天井や掛け時計、食器棚に並んだこけし、仏壇にそなえられた黒豆、そしてテレビの上の鏡餅に救いを求めるような視線を送る。ついに我慢できず、びくんと身体を震わせた。

「やめて……」

　薄目で確認すると貴史くんは相変わらず、口を真一文字に結び、こちらを見つめ続けている。こちらが崩れるのを見届けようとする意地悪さにぞくぞくした。

　彼が少しも動く気配がないのに、腿の内側を温かく柔らかいものがぐんぐん滑っているのが不思議だ。かなり脚が長いのだろうか。もしや、彼の性器がぐんぐんと伸び、こちらに侵入しているのではあるまいか。そう、ピノキオの鼻のように。夫のやや細めのそれと、彼のそれは似ているのだろうか——。いやいや、莫迦《ばか》なことを考えている場合ではない。勇気を振り絞って、こたつ布団をめくって中を覗き込み、思わず息を吐いた。妖しく赤い闇の中、二つの目がぎらぎらと光っている。ミャアー、と間延びした声をあげ、この家の飼い猫、ナナコがしなやかな黒い体でするりと抜け出してきた。なんだ、ナナコか――。初美はほっとしたのと気が抜けたのとで、思わず後ろに両手をついて身体を反らせた。テレビの前で丸くなるナナコをぼんやり見つめる。

「やだなあ。ナナコったらヘンなところに忍びこんでいて。その……」

申し訳ない気持ちで、貴史くんに照れ笑いを浮かべ、膝頭を擦《こす》り合わせる。実直な義弟によからぬ妄想をあてはめるなんて、本当にどうかしていた。彼は物言いたげな表情を浮かべ、曖昧《あいまい》にうなずく。新年そうそう大恥を搔くところだった。

第一、いかにセックスレスが辛いとはいえ、道を踏み外していい理由にはならない。浮気の瞬間はどんなに身体が満たされようとも、その先に待っているのは、自己嫌悪に満ちたみじめな生活でしかないのだから。「彼」が身をもって証明してくれたではないか。大学の同級生だった羽生ちゃんが辿った顚末《てんまつ》を必死に思い描きながら、蜜柑の房を口に放り込んだ。薄い皮が弾けて、甘酸っぱく冷たいジュースがあふれ出す。

＊

羽生ちゃんの浮気を知ったのは昨年末。大学の同級生である芽衣子《めいこ》とビストロで、ボジョレーヌーボーを楽しんだ夜だった。大手酒造メーカーの広報にして既婚者。二児を育てながら、夫の目を盗んで会社の上司と不倫を続けている芽衣子は、一体いつ寝る暇があるのかと首を傾げたくなるほどの忙しさだが、化粧やお洒落も手抜きせず、会う度に最新のゴシップも仕入れている。

「覚えてる？　ゼミで一緒だった羽生君。結婚早かったじゃん。会計士の仕事も順風満帆で子供も生まれたのに、看護師のパートナーに浮気がバレて、大変らしいよ。彼の同僚が今、うちの社に出入りしていて、色々教えてくれたんだよね」

「え？　そうなの？　全然知らないっ」

生ハムが喉にへばりついて、思わずむせそうになった。

「あれ、あんた、羽生君と割に仲良くなかったっけ。そうそう、確か個展やったビルに、彼の事務所があって再会したとか言ってたじゃん。でも、莫迦だよね〜。たかが一回の浮気なんかで家庭壊しちゃうなんてね。もっと上手くやればいいのにさあ」

芽衣子の脳天気な声が、いちいち胸に刺さり、ワイングラスに鼻をうずめた。

夏の終わり、彼と飲みに行った際、いきなり胸を触られ、強引に口説かれた記憶が蘇ってきたのだ。あの時は酔っているせいもあり、危うくその気になりかけてしまった。渾身の力で羽生ちゃんの手を逃れたのは我ながら賢明だったと思うが、結局別れた後でどうにも身体がむずむずし、こちらから連絡してしまったのは一生の不覚だ。あの時の情けなさが思い出され、頬が熱くなってくる。意を決して誘いをかけたにもかかわらず、けんもほろろに断られたのだ。酒の席での戯《ざ》れ言《ごと》を真に受けた自分が悪いとはいえ、以来、恥ずかしさと悔しさから、羽生ちゃんとは連絡を取っていない。

もしかして——。自分が原因ということはないだろうか。そう思うと、緊張と恐怖で喉がからからになる。そう、確かに羽生ちゃんとセックスはしていないけれど、キスはしてしまったのだ。自分が知らないところで誰かに迷惑をかけたり、誰かを傷つけたりしているかと思うと、いたたまれなくなる。ああ、やはり、自分は浮気を出来る器ではない——。

「羽生君って昔から真面目だったじゃん。確か看護学校に通ってた彼女がいたけど、それが今のパートナーってことだよね。ずっと一人しか知らなかったんじゃないの？ そういう人に限って魔が差して、たった一回の過ちで全部を失っちゃうんだよねえ。可哀想〜」

ロゼワインをがぶのみしている芽衣子の白い喉や明るめの茶色の髪をぼんやり見つめた。後ろめたさから、この人だけは何故こうも自由なんだろう。十年来の親友ながら、本当に不思議でしょうがない。面倒見がよく優しい性格なのに、夫をなんの罪悪感もなく裏切っているのだ。それも数え切れないほど。

「なんかさあ、その相手っていうのが、会計事務所でバイトしていた女子大生なんだって。近いところで間に合わせすぎ！ すぐにバレて、子供連れて出ていかれたらしいよ。

ま、ベテラン看護師で経済力もあるみたいだから、このまま離婚てこともあるかもねえ」

「へー、そうなんだ。ふうん。ドラマみたいだね〜。大変そう」

ほっと胸をなで下ろしつつも、なんだか気持ちがざらついていた。羽生ちゃんが選んだのは、自分よりはるかに若い女。こちらの誘いは冷たく断ったくせに。彼のことなど好きでもなんでもないのに、いたくプライドが傷ついてしまい、そんな自分も嫌だった。

「やだ、初美。顔怖いよ。まあ、初美たちみたいなラブラブ夫婦から見たら、私らみたく不倫や浮気なんて、絶対許せないかもしれないけどさ。言い訳するつもりはないけど、フツーの夫婦ってもっと退屈で事務的でさつばつとしているもんだよ？　よそで恋やセックスして、定期的に息抜きしないと、幸せな家庭生活を維持するのはキツイって。夫婦って死ぬまで夫婦でいなきゃいけないいんだもん。その点いいよね、初美は。気の合うステキな旦那さんがいてさ」

ワインをどぶどぶと乱暴に注いでくれる芽衣子に、曖昧な笑顔を返したものだった。

＊

一人ぼっちで正月を過ごす羽生ちゃんの姿を想像すると、さすがに胸が痛む。あれほど妻と娘を大切にしていたのに、たった一度の浮気ですべてを失った同級生。今頃どれほど後悔し、孤独を嚙みしめていることだろう。

そう、夫と出会うまで、初美もずっと孤独だったのだ。仕事や遊びでスケジュールが埋まっていても、恋人がいる時期も、どこかむなしかった。セックスの後、追い払われるようにして、帰らされた記憶も多い。気だるい身体を引きずって終電に飛び乗る、あのこころもとなさを思い出すだけで、みぞおちが冷たくなるようだ。一人の部屋で一人分の食事を作るのがおっくうで、コンビニのお弁当やインスタントばかり食べていた。季節の移り変わりや人の気持ちに鈍感だったあの日々のざらざらした手触りを思い出し、小さく身震いする。二度と戻りたくない。

ああ、自分にやっぱり浮気は出来ない。セックスがなくても、この生活を決して失いたくない。お正月にクリスマスに誕生日。いつも気持ちを交わし、抱きしめる相手が隣にいるふくよかな喜びを、今一度嚙みしめる。そう、例えるなら、こたつの暖かさや、食べきれる自信があるから果物をたくさん買える余裕とか。

(セックスレスがなにさ。オナニーすれば済むことじゃん。うん!!)

自分の考えに満足しようと、蜜柑に勢いよく手を伸ばす。なんだか吹っ切れた。今年は自分に合った色々な方法を貪欲に探してみようと思う。元気が出てきたせいで、無作法かなと思いつつ、親指を蜜柑の真ん中に勢いよく突き刺した。プシュッと蜜柑のしぶきがあがり、右目に飛び込んでくる。一瞬、視界が橙色に染まった。

「痛い！」

初美は悲鳴をあげ、夢中で瞼《まぶた》を押さえる。眼球全体に果汁がしみわたり、のたうち回りたいほどの痛みだ。目を押さえて畳の上に転がり、身体をくの字に折って、嵐が過ぎ去るのをひたすら待つ。ニットワンピースがめくれて、レギンスに包まれた臀部《でんぶ》がむき出しになることなど構っていられない。ああ、さっきいやらしいことを考えたバチがもうあたったのだ。

熱い息が頰にかかる。

「お義姉《ねえ》さん、大丈夫？」

貴史くんの声が思わぬほど近くにあった。強い力で頭部が持ち上げられ、男のたくましい腿を感じた。どうやら、貴史くんに膝まくらをされたようだ。

「いいから、目を開けて」

おっかなびっくり右目を開くと、痛みは大分和らいでいる。心配そうな貴史くんと至近距離で見つめ合い、先ほどの決意が早くも揺らいでしまう。この人、なんて体温が高いんだろう。冷え性の夫とは大違いだ。少し目を上げれば、彼の股間はすぐそこにある。デニムの暗がりが少し隆起しているように見えるのは、うぬぼれだろうか。

「ほら、目薬さすから。もうちょっとの辛抱」

いつの間にやら、彼の手には小瓶が握られている。もう、されるがままだ。

初美は小さく顎を引くと、水滴がつうっと落ちてくるのを、目を見開いて緊張しながら待った。目薬は小さい頃から大の苦手だ。水滴がいよいよ大きくなった瞬間、初美の瞼は目薬を跳ね返した。それは頰をつたい、首を流れ、ニットの中に入って胸の谷間に落ちていく。その冷たさにびくっとしながら、初美は初めて貴史くんの笑顔を見た。

「だめだよ。お義姉さん、目をつぶっちゃ。ほら、もう一滴いくよ。今度はちゃんと開けて」

「は、はい」

彼の顎の裏、思わぬほど長い睫《まつげ》や、目の下のぷっくりしたふくらみに見とれているうちに、右の視界が潤んでぐらりと揺れた。ややあって、眼球の痛みが治まり、すっきりとした感覚が戻ってきた。目をしばたたかせると、義弟の顔がいっそう強く輝いて見える。

「あの、お義姉さん」

こうして身体をくっつけていると、彼のにおいがよくわかる。かすかな汗と石けんと土、つんと残るのはやっぱりわさびだろうか。横になったせいで、ニットに包まれた乳房の形がくっきりと姿を現しているのが、恥ずかしくも誇らしい。貴史くんの視線が遠慮がちに初美の胸に降りてくる。大きな手が優しくそこに触れるのを、息を吞むような思いでもう一度顎を引いて見つめた。彼の手からも初美同様、蜜柑のにおいが漂っている。

もう抗えそうにない――。私は悪くない。いや、悪くても仕方ない。さあ、前戯を省くとして、夫たちの帰宅までに何回くらいセックスできるだろうか。目を閉じようとしたその瞬間、彼の分厚い唇が開いた。

「このアクセサリー、お義姉さんの手製なんですよね」

「え？　なに？」

呆気にとられて、思わず聞き返す。見れば彼の手は初美の胸ではなく、ネックレスに触れていた。

「いや、その、俺の彼女――、あ、わさび園のバイトさんなんですけど、そういうのをよく付けてて、買ってやりたいなあ、と思ってたんです。でも俺、そういう女の趣味とかよくわからないし、店とか知らないし。もし、注文して作ってもらえるのであれば、お願いしたいなあ、なんて。ああ、やっと言えた。マジで緊張しました」

目の前の光景が冴え冴えとするのは、目薬のせいだけではないらしい。

初美は身体を起こし、無言でネックレスをむしり取るようにして外すと、貴史くんの手に丸めて押しつけた。

「え、いいんすか。もらっても。悪いっすよ。え、本当にいいんすか」

無言のまま仏頂面でうなずくと、彼は子供のような笑顔を浮かべ、幸せそうにネックレスを握りしめている。玄関のガラス戸が引かれる音がし、夫や義母たちの「ただいま」という賑やかな声と靴がたたきを打つ音が聞こえてきた。

「あ、兄さんたちが帰ってきた」

慌てて起き上がったせいで、胸の谷間に溜まっていた目薬がそのまま一気にへその下までこぼれ落ち、初美は眉をひそめて身体を震わせた。

ナナコがミャアーと鳴き、莫迦にしているみたいに伸びをしている。

苺につめあと

バレンタインの夜、羽生俊介《しゅんすけ》が勤め先にほど近いビルの地下にあるバーに到着すると、元同級生の島村初美は赤いカクテルを真っ白な喉を見せて飲み干しているところだった。こちらに気付くと、ピンク色になった頬をほころばせ、それが特徴である、泣き笑いみたいな微笑をみせた。天真爛漫で今年三十一歳になるとは思えない。甘酸っぱく爽やかな香りが赤い唇からこぼれ、すでに彼女がほろ酔い加減であると悟る。

「羽生ちゃーん、久しぶり〜。今夜は私の奢《おご》りだから〜。好きなだけ飲んでって。一応バレンタインのプレゼントってことで」

茶色のふわふわした髪はゆるいアップで、こぼれた後れ毛が柔らかそうなうなじに張り付いている。明るい葡萄色のニットワンピースは今にも肩からずり落ちそうで、角度次第で胸の谷間が覗けるだろう。俊介は彼女の隣のスツールに腰をかけながら、視線の置きどころを探している自分に気付く。こちらの邪念を見透かしたように、首から下がっている繊細なゴールドのくさりが揺れて光を放ち、白い胸元をきらきらと遮っていた。アクセサリーデザイナーらしいお洒落の計算とも読めるが、そんなにガードの堅い女ではない。俊介は初老のバーテンダーにちらりと目で会釈する。

「渡辺さん、もう酔ってる？　あ、今は島村さんか」

「だから、渡辺さんでいいって。ていうか、酔わないと気まずくてしゃべれなくない？　去年の夏、ここで起きたことを忘れたとは言わせないよ。ていうか、よくしゃあしゃあと来れたもんだね。ずーっと連絡もなくてさあ～」

わざとのように蓮《はす》っ葉《ぱ》な口調で言い放つと、初美はつんと肩をそびやかした。俊介は胸をなで下ろす。よかった、ここまであけすけに切り出されれば、出方を考えなくて済む。正直、呼び出された時はひやりとしたものだ。

「私のことを口説いといて、その直後に事務所にアルバイトにきた女子大生と浮気ってどういうことよ。で、携帯メールのやりとりから妻さんにバレて娘を連れて出て行かれるって、羽生ちゃんって頭いいの？　それとも、悪いの？」

「えーと、えーと、今夜は生ものをくれるんじゃなかったんですっけ？」

勤務先のパソコンに届いたメールの文面を思い出しながら、話を変えようと笑ってみせた。妻が出て行ってからほぼ毎晩外食だ。野菜や果物を貰っても迷惑なのだが、こうして誘いに応じたのは、下心うんぬんではなく、どうしようもなく寂しいからだった。声をかけてきたのが初美でなくても、足を運んでいただろう。十九歳で出会ってから十一年間、常に妻が隣にいたので、初めて経験する一人ぼっちの冬に俊介は戸惑っていた。

「ああ、それがあれ。摘み立てのあまおう」

初美は頬杖をついて、カウンターの奥にとろんとした視線を送った。ミキサーの中で攪拌《かくはん》されていく鮮やかな赤がぼんやりにじんでいく。

「義母と福岡に苺狩りに行ってきたの。たくさん摘んだから、羽生ちゃんにもおすそわけと思って。マスターがね、すぐに甘い香りに気付いて、『苺ですか、よろしければカクテルにしましょうか』って言ってくれたの。ねー？」

初美が満面の笑みを向けると普段は寡黙なマスターが、やや戸惑ったように微笑んだ。大学生の頃と少しも変わらない。なにかの罠なんじゃないかと思うほど、初美は無防備で人なつこい。それゆえ、どうにも軽いイメージが付きまとう。小柄で童顔、グラマラスな身体をしているというのに、本命の彼女に選ばれにくいタイプだった。彼女が人妻になってみて初めて、俊介はその魅力がわかるようになったかもしれない。あけっぴろげで陽気なのは、彼女なりの優しさなのだ。雑に見えて、びっくりするほど人に気を遣うきめ細やかな性格でもある。なにより家庭的で、これと決めた相手には誠実に尽くす。俊介のタイプではないが、例えば独身の兄や、多忙で女っ気ゼロの会社の先輩にこういうタイプを紹介してやりたいものだと思う。

「バレンタインだろ。こんなところに俺と居ていいのかよ」

「もうどうでもいいもーん。あんな奴」

幼い顔に対して、太ももや胸や肩にうっすら光る脂肪は成熟した女のそれだ。昨年少しだけ触れることが出来た、すべすべした感触を思い出すだけで、股間が熱くなる。いやいや、このガードの甘さはなにかの罠だ、と俊介は即座に考えを改めた。この露出度に夫の愚痴。絵に描いたような浮気の導入部ではないか。もしかして、初美は昨年の仕返しをもくろんでいるのではなかろうか。

結局、酒の勢いにまかせて初美を口説いた自分が一番いけないということになる。とにかく、昨年の夏はどうかしていたのだ。妻以外の女を抱いてみたくて気が狂いそうだったのだ。初美にセックスレスを打ち明けられた時、これはイケる、と踏んだ。受け入れてくれそうだし、何より口が堅そうに見えた。こっぴどく拒否された時は、バツが悪いし腹立たしくもあった。しかし、翌朝になると思い詰めたような声で「やっぱり浮気しよう」と電話をかけてくるものだから、わからない。なんともやっかいな女である気がしてあれきり連絡はしていなかった。正直、もっと遊び慣れしたタイプと見込んでいたのに、すべての予想がちょっとずつずれている。

「仕事でトラブルがあって今夜は何時に帰れるかわかんないんだって。あーあ、なんかさあ、結婚四年目ともなるとさあ、こういうところに温度差が出るよねえ。バレンタインのご馳走を用意して、ガトーショコラも焼いて、プレゼントも買ったのに」

嫌な予感がする。またもや愚痴につきあわされるだけではないのか――。せっかくなら穏やかな時間を過ごしたい。話がしめっぽくなりそうなので、明るい口調で切り返す。

「へえ、意外といい妻やってんじゃん。幸せだ」

自分で言ってても悲しくなるくらい棒読みだった。目の前に差し出されたカクテルに俊介は口をつける。胸がきゅっと締め付けられるような甘酸っぱさが身体の隅々にまで染み渡った。苺なんてもうずっと食べていない。こんなに瑞々《みずみず》しく爽やかな味だったろうか。娘に合わせて誕生日やクリスマスにショートケーキで口にするくらいだったのに、最近ではその機会もなくなった。かすかなほろ苦さはカカオリキュールのようだ。

「うん、幸せかも。まあ、夫は忙しいけど仲いいし、彼のご両親にも可愛がられているし。なんか私だけ、幸せでごめんねって感じ。あれ、このチョコ、例の浮気相手から？」

初美はぺらぺらしゃべりながら、勝手に俊介の紙袋を手にしていた。包みを取り出し、リボンをほどき小箱を開けると、トリュフをひょいと口に運んだ。あきれて止めることもできない。

「女の上司からの義理チョコ。あの彼女はバイトをやめた。もう会ってないよ」

「うそだあ。妻さんも出てって自由の身じゃん。もったいない。彼女じゃなくても、やりまくってるんでしょ」

「いいや、全然」

「ふううん」

途端につまらなそうな顔をして、初美はカウンターの下でブーツに包まれた脚をぶらつかせ始めた。トリュフをもう一つ口に運ぶ。ぷっくりした赤い唇がココアで汚れた。

「向こうの女の子にしてみりゃ、ちょっと遊んだだけなのに、羽生ちゃんはたった一回の浮気で家庭崩壊。なんか割りに合わない話だよね。でもさあ、不幸そのものの羽生ちゃんを見てると、セックスレスなんてなんぼのもんじゃいって気がしてくるよ。時々、我慢することに意味が見いだせなくなるけど、浮気して全部失うよかマシだよねえ」

俊介はぎょっとして聞き返した。

「え、マジで？　渡辺さん、セックスレスまだ継続中なのか？」

「うん。あははは、だから今夜羽生ちゃんに会いたかったんだあ。たとえ性的なつながりは薄くても、あったかい夫婦関係を維持してる自分は幸せだって、思いたかったんだと思う。でも……」

初美のほがらかな表情がたちまち曇り、唐突にカウンターに突っ伏した。くぐもった声が下から漏れる。

「うらやましい……。ノリと勢いで若い子と浮気した羽生ちゃんが……。気持ち良かったんだろうなあ……」

やばい。本当に面倒なことになった――。うんざりしつつも、初美のむきだしの肩にそっと手を伸ばす。びっくりするほど滑らかでまるで濡れているみたいだった。この肌が胸や尻につながっているのだと思うと、じんわりとほの暗い妄想が広がっていく。こちらの気持ちを知ってか知らずか、初美は突っ伏したままつぶやいた。

「私、自分がこんなに不実で物欲しげな人間だなんて思わなかったな」

*

帰りのタクシーの中でも初美はしつこく、浮気の顚末を聞きたがった。こちらに身体を寄り添わせて覗き込むものだから、あれこれと目のやり場に困る。

「どんなもんなんですか、先生。その、一晩だけの関係っていうのは」

「渡辺さんち、世田谷公園の近くだよね。運転手さん、よろしくお願いします」

帰り際、マスターに確認したところ、俊介が店に着くまでの間、初美は強い酒ばかり飲み続けていたのだという。さほど飲めるわけでもないのに一体なにをやっているんだろう。ふらついた足取りなので置き去りにするわけにもいかず、こうして送る羽目になった。奢ってもらうどころか、気付けば店の会計から、タクシー代まで持つことになりそうだ。

「ああ、えーと、浮気がどうだったか？　うーーんと。忘れたよ」

それは半分、嘘だった。アルバイトの女子大生、原田美優《はらだみゆ》の細い腰をつかんで、後ろから思い切り突き上げた感覚は今でもくっきりと両手に残っている。生まれて初めて味わう妻以外の女性の身体は脳がしびれるほど刺激的だった。今まで自分がどんなに損をしていたかと思うと、目がくらんだ。しかし、同時にこんな快感は知らなければよかったのかもしれない、とぞっとするような後悔にもとらわれていた。

「これだけは言える。あの頃はやりたくてやりたくて仕方がなかったのに、いざ一人になってみると、呆気ないほど性欲が薄れたよ」

現に今、しどけなくもたれている初美を見ても、色々と思うところはあれど行動に移そうとは思わない。今夜、彼女を抱いたところで、どうせ初美は家庭に帰っていく。

「ふううん……。そんなもんですか」

「そおんなもんですよ」

「うちの夫の性欲が薄いのは遺伝みたいなんだよね……」

「え、なんの話？　なんか、俺の話じゃなくなってる？」

「義母が言ってたのよ。彼の父親も性欲が薄かったって」

「えっ、ちょっと待て！　よりによってお姑さんにセックスレスの相談したのかよ!?」

バックミラー越しの運転手の興味津々の目に気付き、思わず声を潜めた。初美はむっとしたように目を見ひらき、身を乗り出した。胸に斜めにかけたシートベルトが谷間に食い込み、乳房の大きさと形と角度がはっきり見て取れた。

「他に誰に出来るって言うのよ。私の友達、ほとんどが独身だし、親友の芽衣子はあの通り、夫に不満なら不倫しちゃえよっていう性分だし。お義母さんなら話が漏れる心配もないし……」

「アンタ、やっぱ、頭がおかしいわ！」

「義母が言ってたんだよね。前の夫さん、あ、夫の実の父ね、ものすごく性欲が薄かったんだって。離婚の原因が表向きは性格の不一致ってことになってるけど、本当は性の不一致なの。義母はね、妻としての先輩ってだけじゃなく、セックスレスの先輩だったってわけよ」

苺狩り旅行の夜、義母と温泉に浸かるうち、初美はどうしても打ち明けたくなったそうだ。正直、初孫を作るどころではないんです、お義母さん、仲は悪くないのに性生活がまったくない——と。義母は静かに聞き終えるなり、おもむろに口を開いたそうだ。

——いつかこんな日が来るとは思っていたわ、初美さん。あの子の淡白さはたぶん遺伝なのよ。こんなことを言うのなんて、姑として失格かもしれない。でも、あなたが好きだから言うわ。前の夫はいい人だったけど、私は毎日が辛かった。性生活のない夫婦は地獄よ。続けるのはあなた次第だわ。

初美はぼんやりと国道２４６号線沿いのネオンに目をやった。

「再婚相手の今のお義父さんはね、六十とは思えないくらい若いし、精力絶倫って感じするのよね。遅くに義弟も出来たくらいで、夫婦仲もすっごくいいの。老後のことを考えれば、お義母さんの判断は正しかったのかもしれないわ……」

「え、じゃ、その……、なんていうか、もしかして離婚とか考えてる？」

自分に関係がないことは百も承知だが、どうしても恐る恐る尋ねてしまう。初美はきっとまなじりを吊り上げた。

「やだ、やだ、やだ、死んでも離婚なんてしたくない。元の暮らしに戻るなんて絶対嫌！」

「えー、渡辺さんならすぐ男出来そうじゃん。子供もいないんだし。最悪離婚しちゃえばいいじゃないの。しちゃえ、しちゃえ」

なんだかもう初美の相手をするのが面倒になって、適当にあしらうことにする。

「夫と別れて次が出てくる自信なんてない。これまで、あんまり大切にされてこなかったし、辛い目に遭うことが多かったな。遊ばれてばかり」

俊介はぎくりとして、同じゼミの先輩だったある男の顔を思い浮かべた。もしかして、初美はあのことを知っていたのかもしれない。

「夫に出会えて初めて幸せを知ったって感じだもの。なのに……、はあ、セックスだけがままならないなんてなあ……」

初美は苺の香りのする深いため息をついて、座席に背中を思い切り預けた。ニット越しの乳房が張り出し、車のカーブとともに大きく揺れる。

「みんなやってることが、どうして私には出来ないんだろ……。小学校の頃、学年で一人だけずっと逆立ちができなかったの。あの気分。こんなこと出来なくても人生に支障はないって言い聞かせてたけど、すごく惨めだった。足が地面から離れるのがどうしても怖くて。必死で練習して出来るようになるまでものすごく辛かった……」

俊介はふいに彼女が哀れになった。何か言ってやらねばと言葉を探す。

「あのなあ、世界中で渡辺さん一人がセックスレスで悩んでいるわけじゃないし、だいたいセックスしないから人として落第だなんて思うのは間違ってるよ。すべての夫婦が毎晩やってるわけじゃない。人間そのうち、性欲もなくなるんだぞ！　そんなことにわずらわされて大事なもの見失うなよ」

言っていてまったく説得力がないことに気付いた。彼女の焦燥感がわかる。妻との暮らしは幸せだったし、決してセックスがなくなったわけではなかったのに、毎日が惨めだった。墓場までの道のりが一直線に光っていて、ただそこを歩いていくだけの人生である気がした。このまま たった一人の女しか知らずに一生を終えていくことが怖くて怖くて仕方がなかった。結局のところ、一人の相手と愛し合うことはとてもしんどい。初美はようやく、本物の泣き笑いを浮かべた。

「ありがとう。羽生ちゃん、優しいね。こうして時々会えば、浮気心も収まる気がする。羽生ちゃんみたいなどん底人生になることを考えたら大抵のことが我慢できる気がするんだもん」

さすがにかちんときて、よっぽど言ってやろうかと思った。

――渡辺さんの体の隅々まで、俺は知ってるんだぞ。性感帯は右の太ももの裏側だろう？

そう、俊介は一度も関係していなくても、初美の体を知り尽くしている。一時期妄想の対象だったのはそのためだ。

大学のゼミの先輩である有名な遊び人と、かつて初美は付き合っていた。男だけの飲み会の時など、彼はさも得意そうにベッドでの初美がどんな風だか話してきかせていた。気の毒だ、という思いもあったが、俊介もまだ若く、続きを夢中で促した。顔見知りの女の子を会話の中で裸にするのは、罪悪感ゆえぞくぞくするような悦びだった。

初美は気を取り直したのか、再びしつこく問いかけてくる。

「浮気相手の女子大生、私より若くて可愛い？　私は一晩の浮気相手としても不合格？　私ってそんなに女としてダメかな？」

駄目なんじゃなくて、過剰なんじゃないの――。そう言ってやったら、彼女はどんな顔をするだろう。彼女をもてあそんだあの男も言っていたっけ。

――いい子なんだけど、必死すぎて引いちゃうんだよなあ……。俺が初めての彼氏らしくて、そういうところも重いっていうか。

初美の甘い息が耳にかかる。

「羽生ちゃんに言われてから、ユニクロのブラトップはやめたの……。効果はなにもないけどね。今夜はちゃんとレースの下着だよ」

「あの、誘ってるんですか？　あからさますぎて、そそられないんですけど」

苦笑いを浮かべると、初美ははっとしたように身体を離した。

「ごめん、私、酔ってる。今、誘ってた？　セックスしなさすぎて、正常な判断ができなくなってるのかも。セクハラの自覚がないおっさんのことがもう笑えない。うわ、言っちゃった」

真っ赤になった頬を夢中でぱたぱた煽《あお》いでいる。俊介はやれやれ、とため息をついた。

「頭に血が昇り過ぎてるんだろ。家ついたら水でも飲めよ」

「去年はガンガン来てくれたのに。今日はしれっとしたもんだね」

「どうせガンガン行ったたって、やらせちゃくれないくせに。なんだよ、渡辺さん、面倒くさいな。俺にどうして欲しいの」

「いや、自分で自分がよくわからない……。酔ってるんだよ。忘れて。欲求不満で頭がおかしいんだな、きっと」

彼女とどうにかなることだけはやめよう、と俊介は心に誓った。初美のようなタイプは浮気で息抜き出来るタイプではない。あっという間に罪悪感で押しつぶされ、自滅するだろう。ある意味、自分と似ている。タクシーが初美夫婦の住むマンションの前にたどり着いた。

初美の足下がおぼつかないので、部屋まで付き添うことにする。広いエントランスの片隅に寄せられた、応接セットと生け花がなんだか舞台装置に見えた。エレベーターで八階に昇り、突き当たりの部屋のドア前までやってきた。

「あーあ。羽生ちゃんなんかに、私何回フラれてるんだろ。別に好きでもないのにさあ」

「はいはい。俺もう、ここで帰るよ」

こちらの返事を待たずに、初美はバッグを引っかき回して鍵を探し出すと、ドアに差し込む。ブーツを履いたまま、暗いままの玄関前の廊下にどさりと倒れ込んだので、俊介も中に入らないわけにはいかない。夫はまだ帰っていないようだ。その時、甘い香りに気付いた。

靴箱の上に、手作りらしきガトーショコラが置いてあるのが暗闇にぼんやり浮かびあがっていた。

「前から思ってたけど、なんで女の人って、菓子が焼けると玄関に出すの？」

「玄関が家中で一番寒いから……。あら熱をとるために……」

初美がもごもごとつぶやいた。

妻もよく、焼き菓子を作るとケーキクーラーに載せて、玄関で冷ましていたことをふと思い出す。家庭の匂いだ。ひんやりした靴クリームの匂いとファブリーズ、ココアとバターの混じった香り。

「羽生ちゃん、見て。ほら、今でも逆立ち出来たよ」

ぎょっとして振り向くと、なんと初美が玄関の壁に足をもたせ、両手で身体を支えている。当然ニットのワンピースはめくれ、初美の頭でつかえて顔を完全に覆い隠し、肌はほとんどが露わになっていた。真珠色のレースのブラジャーに包まれた小玉西瓜ほどもある豊かな胸、ややふっくらした下腹、洋なし型のみごとな腰のライン。決してスリムとは言い難いが、均整のとれた身体つきだ。大抵の男がむしゃぶりつきたいと思うだろう。そして、暗闇をほんのり明るくするような、白くなめらかなことといったらどうだ。吸い付き、わしづかみにし、爪を立て、無数のマークをつけてやりたい。神々しいまでに綺麗なのは、おそらく誰からも触れられてないからだ。俊介はなんだか切なくなってしまう。思わずそっと腰に触れ、素直に感想を口にした。

「夫さん、もったいないことしてるね。宝のもちぐされだ」

ニットの下からこもった声がする。

「思い出した。ある日突然、逆立ちが出来るようになったこと。突然、世界がひっくり返って、ああ、むくわれたって思ったこと。頑張ればなんとかなるって、嬉しかったな。難しいよ。夫婦って。逆立ちと違って、頑張り方がよくわからない……」

　あの頃の俊介も同じようなことを考えていた。でも、欲求不満でじりじりしている彼女は、やっぱり自分よりは幸福なんじゃないのかとも思った。気付いたら、ぽつりとつぶやいていた。

「でも、今はまだ逃げちゃだめなんだと思う」

　どさり、と音がして初美は壁から足を離した。顔を覆っていたニットを邪魔そうに払い、身体の方に押し広げていく。ニットで肌は隠れたものの、床に寝そべった格好の初美の身体はますます肉感的だ。胸も太ももも唇も、そのままどうぞご自由にと差し出されているような気がする。ふと、いつか彼女と寝てしまうような気がしたが、すぐに予感を打ち消した。彼女はむくり、と身体を起こし、ふてくされた顔でこちらを睨み付けた。もう酔いは覚めている様子だ。

「それじゃあ、羽生ちゃんも逃げないで、妻さんのこと追いかければいいのに。後悔してるんでしょ。寂しいんでしょ。十回や二十回、拒否されたくらいで負けちゃだめ！」

「うっせえ、酔っ払い。こうしてやる」

　右太ももの裏に手を差し入れると、初美はひゃっとため息まじりの声をあげた。

ドアを押すなり、びっくりするくらい冷たい夜気が身体を包む。マンションを後にすると、ブラックココアのように深い闇が国道を包んでいた。タクシーがつかまるまでしばらく歩こうと思った。妻の長い睫やあたたかい身体のことを思い出し、心から恋しくなった。携帯電話を取りだして、俊介はしばし立ち止まる。

まだ、間に合うだろうか。

グレープフルーツをねじふせて

夫がこんなに濁った男の目をするのも、誘いめいた言葉を口にするのも、本当に久しぶりだ。

このチャンスを死んでも逃すまい——。初美は小さなしゃもじを使って、正方形の海苔の上に酢飯を敷き詰める手を止めた。およそ一年ぶりのセックス。ひゃっほーい、と叫びたくなるのを堪えて立ち上がり、開け放した窓を閉めに行く。五月の生温かい夜風がこちらを誘うように、ぬるりと頬を撫でた。リビングを横切りながら、夫の視線がくびれから腰にかけてのラインに集まるのを感じ、早くも身体の中心がむずむずし始めている。S字を描くのを意識し、ゆっくりと上半身をひねって振り向いた。

「先に寝室行って待ってる……。準備できたら呼ぶね」

音を立てないよう戸をしめた。ぐずぐずしている暇はない。素早く洗面所に飛び込むと、ワンピースを脱ぎ捨てボディクリームを塗りたくり、ムダ毛を処理する。クリームが肌になじむまで待てない。皮膚が引きつれ、ひりひり痛い。性生活が遠ざかってからというもの、見えない場所の処理はおざなりになっていた。毎晩セックスする人って、ムダ毛処理はいつどうしているのだろうか。

日曜日の今日、夫は丸一日死んだように眠っていた。せっかく水入らずの休日なのに、と恨めしくなったが、ゴールデンウィーク以降、働き詰めだったことを思い出し、起こさないよう心がけた。初美はリビングのテーブルにビーズを広げ、アクセサリー制作に勤しむことにした。銀座の展示会が今週の水曜日に迫っているせいで、他の仕事が後回しになっていることを思い出したのだ。夫がそばにいる環境は思いのほか集中でき、作業がはかどった。区切りがつく度、寝室に様子を見に行った。静かに寝息を立てる夫は、まさに枯れかけた花がぐんぐんと水を吸収しているようで、愛おしい気持ちが湧き上がる。

夕食までには目を覚ますだろうと、いつもより少し上等な種類のスーパーに買い出しに行った。手巻き寿司とキンキンに冷えた白ワインをテーブルに並べる頃、やっと夫がすっきりと回復した顔つきで現れた。アルコールが苦手な夫だけれど、自宅で手巻き寿司を食べる時に限り、ゆっくりしたピッチではあるが確実にグラスを重ねる。

とにかく、久しぶりにしっかりした休息をとったこと、豊富な旬の食材やアルコールの摂取がよかったのかもしれない。

初美はボディミストを空中にしゅっとひと吹きし、香りのよい霧の中を身を屈めてくぐる。寝室のドアを開けると、薄暗い室内は一日中寝ていた夫のにおいでむっとするようだが、それすらも喜ばしい。すべては杞憂《きゆう》だったのだ。夫の情熱が薄れたとか、もう女としての魅力がなくなったとか、死ぬまでセックスできなかったらどうしよう、とか全部しなくていい心配だったのだ。

初美はダブルベッドを整える。シーツをぴんと張り、枕を膨らませ、ふんわりと布団をかぶせた。枕元の引き出しにしのばせておいたアロマキャンドルとマッチを出し、火をともす。ゼラニウムは夫の一番好きな香り。イランイランやローズなど官能の効能に頼るべきなのだろうが、こちらのやる気が見えすぎると、プレッシャーに感じてしまうだろう。さらに、透ける素材の水色のナイティに揃いのブラジャーとショーツを取り出す。購入してから一度も身に着けていないとっておきのそれは、夫が編集長をつとめる女性誌で知った海外ブランドのものだ。ユニクロのブラトップばかり着ている色気のなさを友達の羽生ちゃんに指摘されてから下着には気を遣うようにしている。タグを切ろうとハサミを探すも、リビングにあることを思い出し、仕方なく歯でかみ切った。夫の目の前でタグを切ったら、せっかくの甘い空気が台無しである。透ける素材は身体の線をなまめかしく浮かび上がらせると同時に、ところどころにあしらった小さな花のコサージュは可憐さを演出している。三十一歳の女が身に着けるものとしてはややカマトトっぽいが、夫の好みにかなっているだろう。リモコンで蛍光灯を消し、人魚姫のようにベッドに横座りすると、ヘアクリップを外し髪をはらりと流した。

「もう、いいよ。啓介さん、来て」

リビングに向かって、極めて気だるく呼びかけた。やがて扉が開き、まるで夜とぎに誘われた王子様のごとく、夫が姿を現した。ベッドに腰を下ろすと、こちらの頬をそっと撫でる。アルコールのせいか手が熱い。感じ入ったように彼はため息をついた。

「その下着、いつ買ったの？　よく似合う。可愛い……」

夫の股間にそっと手を伸ばすと、驚くほどかたい。それだけでこちらも潤ってくる。舌なめずりしたくなるのを堪え、渾身の期待を込めて彼を見つめた。夫の長い指がこちらの唇に触れる。そのゆっくりした動きや丁寧さは、恋人時代となにもかわらない。

「はちゅは世界で一番可愛い。それに優しいし……。僕のペースに合わさせちゃってごめん」

やっぱり気にしてくれてたんだ――。それだけでこの一年間、疲れているからと誘いをやんわり拒み続けられた仕打ちが許せてしまう。同時に、同級生の羽生ちゃんとのささやかな浮気や、義弟の貴史くんを思い浮かべてのオナニーを、初美は激しく後悔した。

「でも、はちゅは無理してる感じもぜんぜんしなくて、自分のペースもちゃんと守ってて、いつも楽しそうで仕事にも一生懸命で……。改めて大好きだなあって思う」

柔らかく押し倒されて、すぐさま唇を奪われる。アルコールと刺身のにおいがしたが、煙草を吸わない夫の息は軽やかだ。

「……仲良くするの、久しぶりだね」

ナイティをめくられ、ブラジャーをずらされた。乳首を音を立てて吸われ、ゆっくりと乳房をもみしだかれる。

「大きくてすべすべで、本当に綺麗なおっぱいだなあ。もう乳首立ってるよ」

初美はうっとりと息を漏らす。こうしてじゃれている贅沢な時間が挿入より好きなくらいだ。独身時代のように、終電の時間や親についた嘘、明日の朝の身支度やホテルのチェックアウトにわずらわされなくていい。子供はいつでも欲しいくらいだから、避妊にキリキリする必要もない。すべてが揃った清潔な我が家で、安心して、たっぷりといちゃつける。二人の心が通い合っていることが、興奮を高めている。なんて豊かでなんて幸福なんだろう。結婚って素晴らしい。自分がどれだけ濡れているか、早く知って欲しくて仕方がない。嬉しい発見に彼を得意がらせたい。その時だ。乳房にくいこんでいた夫の指がぴたりと止まったのは。

「初美、ちょっとまって」

夫はおもむろに枕元のリモコンに手を伸ばした。蛍光灯が点き、あまりのまぶしさに初美は目をしばたたかせる。夫は真剣な顔でこちらの乳房をぐりぐりと押している。その手つきは事務的で、さきほどのとろみのようなものが綺麗に消えていた。

「右胸にしこりがある気がする」

「えっ、そんなの気のせいだよ」

初美は驚いて叫んだ。一応胸をまさぐってみるも、それらしい感触には当たらない。あ、彼の悪い癖がはじまった――。几帳面な夫はいつだって、最悪の場合を想定せずにはいられないのだ。旅行の段取り、デパートでの試着。いつもたっぷり時間をかけ、確認に次ぐ確認を怠らないのは、職業病というより、もって生まれた性質だった。

「考えすぎだよ。ねえ、続き……」

「いや、なにかかたいものを感じる」

夫は真顔でぐにゃぐにゃと乳房をこねまわした。まるでエロチックではなく、まな板の上の鯉にでもなった気分だ。初美はじりじりしながら、先ほどのぽってり重たい空気が戻ってこないものかと辛抱強く待つ。

「心配だな……。よし、明日、朝一番で病院に行こう。高校の同級生が隣の駅で産婦人科を始めたんだ。そこ、乳がん検診もしてくれるんだよ。前に話しただろ？　女医さんだから、安心だよ。診察には僕も立ち会う。明日、半休とるよ」

とうとう夫は身を起こし、てきぱきと言い放った。初美は泣きたくなって、三十五歳の男にしてはほっそりした腰に手を回す。

「え、いいよ。絶対に心配ないよ。それにさあ、検診って痛そうで……。もちろん、そのうちやるつもりだよ!!」

「なにのんびりしたこと言ってるんだ。この間うちの雑誌でも乳がんチャリティ企画をやったの、読んだだろ。発見が早ければ乳房は切らずとも完治できるんだ。少しでも疑いがあったら、検診を受けるべきだよ。三十歳過ぎたら身体のメンテナンスはマメにしないと。僕ははちゅの身体がなによりも大事なんだ」

夫の股間を手で探ると、妻をいたわる優しさそのもののように、ふっくらと柔らかくなっていた。初美は舌打ちをこらえる。これがもし、アイツらだったら——。独身時代、さんざん初美を振り回した、憎くてたまらない男たちの顔が次々に思い浮かぶ。セックスフレンド止まりの扱いしかしてくれなかった冷たい遊び人。妻子がいるのを最後まで隠していた卑劣な年上の男。でも——。常に初美よりおのれの欲望を最優先する彼らであれば、胸にしこりを見付けようが、初美の前歯が抜けようが、欲望のままに貫いたはずだ。満たしてくれたはずだ。ああ、これが愛される代償——。

「診療時間を確認したいから、パソコン見てくる。初美はそのままゆっくり休みなよ」

夫はベッドから降りると、まるで病人でも扱うように初美に布団をかぶせた。彼が出て行った後の寝室は、ゼラニウムの香りがやけにどぎつく感じられる。初美は布団を蹴飛ばし、キャンドルを乱暴に吹き消すと、しばらくの間天井を睨み付けた。ショーツの中に指を差し入れたものの、股間はすっかり乾いている。シャワーを浴びよう、と怒りにまかせて跳ね起きた。さっきまでは充実した人生の証だったショーツの染みが、不潔に思えてきたのがなんともしゃくだった。

＊

カウンターの奥で、美しい佇まいの初老のバーテンダーが、丸々としたグレープフルーツをひねりつぶしている。彼の節くれ立った指が果実にくいこむと、明るい黄色の皮に稲妻のような亀裂が走る。種と果肉の粒がこぼれ、甘酸っぱいさわやかな香りがこちらまで届いた。その様を見ていたら、乳房がつぶされる感覚が蘇る気がして、カットソーの上から両胸をぎゅっとつかんでしまう。

「やめな、やめな。いくらセックスレス継続中とはいえ、人前でのオナニーは」

傍らのスツールに座る大学時代の同級生、羽生ちゃんがにやにや笑っている。昨年の夏、彼と浮気しかけた時も、ちょうどこんな男の目をしていたのを思い出し、初美は慌てて背筋を伸ばす。

「オナニーじゃありません。昨日の乳がん検診を急に思い出して、おっぱいが痛くなっただけ。だいたいね、セックスレスだってあとちょっとで脱せるところだったんだから！　この間の日曜日は彼の方が積極的だったんだよ。性欲がないんじゃなくて、色々とタイミングが合わないだけなのよ。おたくみたいにはっきり拒否されてるわけじゃないもん」

羽生ちゃんはたちまち不機嫌な顔になって、柚子果汁入りモヒートのミントを噛みしめている。

「仕方ないだろ。俺の浮気が許せるようになるまで、指一本触らないっていうのが復縁の条件なんだから。まあ、子供連れて戻ってきてくれただけでも有り難いと思わないとな」

ちょっと意地悪が過ぎたな、と反省し、初美は陽気な顔で彼の肩を叩く。

「ね、どっちが先にセックスレス脱せるか、競争しない？」

「お、いいな。乗った。乗った。負けた方が焼き肉おごりな！」

笑い話にしてしまえば、夫婦の問題も軽くなる。こんな話は彼としかできない。羽生ちゃんはもはやかけがえのない存在、セックスレスと闘う同志だった。バーテンダーが二人の前に並べたのは、グレープフルーツジュースをつかったトワイライト・ゾーンという名のカクテル。淡い黄色がまるで今夜の満月のように周囲をほんのり照らしている。

「乳がん検診の結果、いつ出るの？」

「今週の土曜日。まあ、触診でなにもなかったから大丈夫だとは思うけど……」

顎を引いて胸元を見下ろす。滅多に可愛がってもらえない乳房だけど、形もよくハリもボリュームもあるGカップである。思春期は人より大きな胸が嫌で背中を丸めるように歩いていたが、いつしか個性として受け入れることができるようになった。アクセサリーデザイナーを目指したのも、胸元のボリュームをさりげなく隠すようなロングネックレスを作りたい、と思ったのが始まりだ。やはり自分を構成する大切な一部。なくなると想像するだけで、切なさがこみ上げてくる。

「やっぱあれ、痛いの？　ええと、マンモグラフィー？　プラスチック板でおっぱいをぎゅーっと押しつぶして、X線撮影するんだっけ？」

さすがエリート看護師の妻を持つだけのことはあり、羽生ちゃんは詳しかった。

「思ったよりは嫌な感じじゃないけど、初めて経験するタイプの痛さだったなあ。まあ、すっごく良さそうな女医さんだったけど……」

川越香織子《かわごえかおりこ》を思い出すだけで、そわそわするのは何故だろう。すらりとした長身に白衣がこの上なくよく似合う、涼やかな印象の美女だった。縁なし眼鏡の奥の瞳は怜悧《れいり》な印象を与えるが、同時にこちらを深く安心させる包容力も滲んでいた。ひっつめ髪で薄化粧だけれど、ふんわりとジャスミンの香りが漂っていた気がする。

いくら触診とはいえ、こうも触られていないと、赤の他人に乳房をつかまれるというのはかなり刺激的な体験で、うっすら汗ばんでしまった。乳房にくいこむ指が驚くほど長く骨っぽく、まるで男につかまれている気分だったせいもある。透き通った美貌にそぐわない、医師らしい大きな手。これまで何人もの命を救ってきたのだろうと思うと、尊敬と憧れを覚えた。女子高時代、陸上部の先輩に惹かれ、一緒に下校した時は有頂天だったことを何故か思い出す。

「妻も言ってたけど、三十過ぎて相性のよい産婦人科の医師に出会うのはすごくいいことだぞ。子供いつかは欲しいんだろ。夫の友達なんて最高じゃん。そうだよな。夫さん、有名な進学校出身だもんなあ。同級生もエリート揃いだろうな」

「うん……。でもさあ、あの先生……」

言うべきかためらって、初美はカクテルに手を伸ばす。

「なんか意味ありげなんだよ。私を見る目に何か深い想いがこめられている気がする。触診の時もなんていうか、なんかこう、こってりした手つきで……」

こちらの反応をためすような執拗《しつよう》な指づかい。乳首がたってしまったので、大層気まずかった。時折、射るような視線をちらちら送られている気もした。しかし、すべての診察が終わると、彼女はプロらしいさっぱりとした笑顔を浮かべた。

――この感じだと心配ないでしょう。今週土曜日には診断結果を自宅に郵送しますから。

心配そうに見守っていた夫に会うなり、彼女は明るく声をかけた。

――島村くん、奥さんの乳がんチェックを引き受けるなんてなかなかやるじゃない。さすがは3年C組きってのフェミニストだね。

——川越、予約もしていないのに、すぐに診てくれてありがとう。まずは一安心だよ。是非、今度我が家に来てくれよな。

夫とのやりとりはいかにも媚のないさばさばとした態度で、さぞや利発な少女だったろうと思わせた。初美は香織子にますます好感を抱く。是非、我が家でもてなしたいものだと思った。だからこそ、こんな疑惑は早くに解消したいのだ。案の定、羽生ちゃんはあきれた表情を浮かべた。

「真面目に診察してくれた女医さんに対して失礼すぎやしないか、それ。考え過ぎだろ」

その通りだ、と初美はほっとする。きっと久しぶりに乳房を触られたせいだ。人間、セックスしないと心の働きまでおかしくなってしまうみたいだ。

「検査結果、無事だといいな。俺も渡辺さんのおっぱいがなくなるの悲しいよ。ヒヒ……」

羽生ちゃんは下卑《げび》た笑みを浮かべたけれど、何故か深いところに慈愛を感じさせた。彼が幼い女の子の父親であることをふと思い出し、カクテルを飲み干した。

＊

展示会最終日はほとんどの作品が売れてしまい、夕方五時を過ぎると客足はぱったりと途絶えた。手伝いに来てくれた仲間を全員帰らせて、初美はほっと息をつく。ギャラリー受付に座り、ガラス越しに夕暮れの外堀通りをなんとはなしに眺めていたら、一人の女が入ってきた。

「こんにちは。銀座で展示会なんてさすがね、初美さん」

一瞬、彼女が誰かわからなかった。波打つロングヘアに赤く光る唇。胸元の切り替えが美しいカシュクールワンピースがあでやかな美女をまじまじと見つめる。ジャスミンの香りでようやく気づいた。

「え、川越先生？　どうして？」

「先生はやめて。プライベートなんだから香織子でいいよ。島村くんのフェイスブックでこの場所を知ったの。こんなに有名な方だなんて知らなかったなあ」

病院の外で見る彼女は別人のようだった。白衣と眼鏡で隠されていた色気がゆるゆると放たれ、彼女の周囲がぼんやりと淡くけぶっているよう。骨を感じさせるスレンダーな身体つきは、服のシルエットを最大限に美しくみせている。血管が透けるような痩せた胸元はむしろセクシーで、初美はうらやましい気持ちで見とれた。

「せっかく来ていただいたのに、すみません。ほとんど売れちゃってて……」

「いいの、いいの、病院も休みでどこかに出かけたかっただけ……」

なんとはなしに二人は見つめ合う。香織子はうっすらと微笑んでいる。アクセサリーを見に来た様子もないし、一体彼女は何が目的なのだろう。まさか自分――。そう思い至って初美はときめいた。彼女の光る唇を見つめるうちに、自然と口が動いていた。

「よければ、お酒でも一緒にどうですか？　もう人も来ないし、そろそろ閉めようと思ってたんです」

三十分後、香織子の行きつけだという、みゆき通りの創作和食料理店の個室で二人は向かい合っていた。突き出しの空豆と海老のくずよせは宝石箱のような彩りで、初美は早くも新作のアイデアが閃《ひらめ》いた。向かいで日本酒を飲む香織子の喉の白さを、言葉もなく見つめてしまう。彼女は早くもとろりとした視線をこちらに向けた。

「島村くんに愛されてるんだね……。パートナー自ら乳がんチェックをするなんて、なかなかないのに。そうよね、初美さん、魅力的だもの」

「そんな、そんな！　私なんて、デブだしチビだし美人でもないし……。香織子さんの方が断然素敵ですよ。夫があのあと言ってました。学校中の憧れのまとだったって……」

「ふふ、でも、一人の男性と長く続いたためしがないんだ。私が相手に合わせないせい。根が冷たいんだと思う。朝、目を覚ました時に隣に誰かがいると、すぐに帰ってもらいたくなるもの」

くらくらするのはピッチを上げて飲んでいるせいだけではない。急速に二人の距離が縮まっている。いきなりプライベートを聞けるとは思わなかった。香織子は自嘲《じちょう》気味の口調だけれど、初美にはその自由さがうらやましく感じられる。これだけ知的で高収入となれば、何にも縛られることなく生きていける。いざとなれば子供だって一人で産んで、育てられるだろう。なによりも、あとくされなくあらゆる男とセックス出来る……。思い浮かべただけで、下半身がむずむずしてくる。彼女がふと身を乗り出した。

「初美さんのネックレス可愛い。それも作品だよね。ね、ちょっと見せて？」

「あ、お気に召したなら、もっと香織子さんに似合うような、シックモチーフでお作り直しします。お世話になってるし、プレゼントさせてください」

ネックレスを外そうとしたら、香織子が立ち上がりこちらの隣までやってきた。ジャスミンがいよいよむせかえらんばかりだ。耳元に日本酒のかおりの息がかかる。

「結婚相手より、むしろ妻が欲しいくらい――。こんなんだからいつまでも一人なのね。それにね、どっちかっていうと、女の方にモテたんだよ」

彼女が自分の胸をじっと見ていることに気づく。服の下まで見透かすような熱のあるまなざし。こんな視線を向けられなくなって、何年ぐらい経つだろう。

「島村くんがあなたに惹かれたの、わかる気がする……。私とは正反対……。やわらかそう、うらやましい」

初美はごくりと唾を飲む。香織子の目を覗き込むと切なげに潤んでいる。赤い唇はすぐそばにある。キスしたい欲求がもはやこらえきれない。きっと彼女も同じはずだ。女同士なら浮気にならないのでは？　と初美は都合のいいように考えようとする。仲のいい女友達とのささやかないちゃつき。そうだその線でいこう――。

「私、先生の手が好き。綺麗な女性の手が大きいのってぞくぞくするの……。ピアニストみたいで……。私の手は不格好で小さいから」

ベージュのマニキュアの施された香織子の手を取る。この指が自分の乳房を鷲づかみにした様を蘇らせると、居ても立っても居られない。心のままに香織子の指をそっと口に含み、舌を這わせた。バジルに似た青い味がする。ただでさえ、セックスが寸前でお預けとなり、欲求はかつてないほど高まっている。この指を身体に差し入れてもらえないか――。次の瞬間、初美は頭から日本酒をかぶっていた。香織子が音を立てて、立ち上がる。

「な、なんなのあなた？　これ、どういう意味？」

前髪からぽたぽたと落ちる日本酒越しに、怒りと羞恥に燃えた赤い顔の香織子がこちらを見下ろしていた。初美がおびえながらも、必死で状況を飲み込もうとする。

「あなた、頭がどうかしてるっ、こんな侮辱初めて受けた。わ、私をそんな目で見てたの？　医療に携わる人間を莫迦にしないでっ。島村くんに対して悪いと思わないの？　こんな色情狂の女がどうして……、どうして島村くんと結婚できるの……。許せない！」

どうやら本気で怒らせてしまったらしい。初美はおろおろと言い訳を探す。

「だって、だって、診察の時じろじろ見るし……。今日だって用もないのに、わざわざ私に会いに来て、あんな目で見つめられたら、誰だって誤解しちゃいますよお」

香織子は自分の席に戻りクラッチバッグをつかみとると、こちらを睨んだ。身体が小刻みに震えている。

「あなたが気になったのは……、こうやって会いに来たのは……、島村くんが選んだ女だから。こういうタイプが彼を射止めたんだって思ったら、なんだか気になって……、居ても立ってもいられなくて……」

信じられないことに、香織子は泣いている。慌てて顔を背けると、彼女は逃げるように個室を後にした。初美はやっとすべてを飲み込んだ。急いで彼女の後を追う。レジで会計を済ませている香織子はこちらに気付くと、ひったくるようにお釣りを受け取り、出入口に走っていく。初美も全速力で店の外に出、やがて香織子に追い付いた。手首をつかみ、無理矢理に振り向かせる。息を整え、真剣に問うた。

「もしかして、香織子さん……」

「そう、高校の時から彼がずっと好きだったの。社会人になっても、同級生同士の飲み会で顔を合わせる度に気持ちが盛り上がって……」

みゆき通りは色とりどりのネオンで輝いている。薄闇の中、非の打ち所のない美女が打ちひしがれ、羞恥に震えるのを見て、初美は自分も何か言わねばと考えを巡らす。同じだけ恥をかかなければ彼女は救われない。何か言わねば――。閃いた。

「啓介さんと付き合わなくて正解ですよ。我が家は……、島村家はセックスレスですよ！　もう一年もごぶさた！」

「……」

「啓介さんがとんでもなく淡白で！　私、いっぱいたまってるの。乳がん検診の触診で感じるくらいに！」

香織子は大きく目を見開いた。道行く人が立ち止まって面白そうにこちらを見ているが、そんなことに構っていられない。銀座の真ん中で、初美は思いのたけを叫ぶ。

「でも、浮気する度胸はないんです。夫は好きだし、性欲はあるしで、マジでどうしていいか本当にわからないんですよ――！」

これで対等。いや、自分の方がはるかに恥をかいていることに気づいたのは、香織子がハンカチを目にあてながら、ぷっと吹き出した瞬間だった。

＊

結局、いつもの日本橋のバーに来てしまった。香織子と並んでカウンターに座り、この間と同じようにバーテンダーの手でグレープフルーツがひねりつぶされるのを、初美はぼうっと見つめていた。

もう乳房には何も感じない。香織子の手をさっきは骨ばっているように感じたけれど、こうして異性の手を間近で見つめていると、やっぱり白くか弱いものに思われた。

沈黙を破ったのは香織子の方だった。

「本当にどうかしてるよね。高校の時に好きだった相手を三十五歳にもなって忘れられないなんて……。なんだか、最近一人がこたえるの。家に帰って誰かがいる生活ってうらやましいって思う。誰かに労られるのって本当にかけがえのないことだよ。セックスなんてそんなにたいした問題じゃないって」

「そ、そんな……。私、恵まれてるわけじゃないです。啓介さんを最初に好きになって大騒ぎして追い回していたのは私です。やっとのことで結婚したけど、今は家庭内片想いっていう感じです。大切にしてはくれる。でも、もう女じゃなくて家族なんですよ……。香織子さんにはまだまだたくさんの出会いがあるけど、私は手持ちのカードだけで幸せになる以外、方法がないんですよ」

二人の前にカクテルが差し出された。この間と同じトワイライト・ゾーン。グラスにほんの一粒、果肉のつぶが光っていて、なんだか涙のように見えた。

「へえ、あなたの方から好きになったの……。意外。私もなりふり構わず、追いかけていたらよかったのかもね……。初美さんは人を幸せにする女性だね」

香織子はふっと息をつき、カクテルに目を落とした。

「でも、うちの病院はもう来ないでもらえるかな。あなたと島村くんが一緒にいるところを見るのは、やっぱり辛い。それに彼、そのうちパパになるかもしれないわけでしょ？」

冗談っぽい口調だったが、その横顔は切実だった。もしかして、彼女と二人きりで会うのはこれが最後なのかもしれない。出会い方が違えば、友達になれたかもしれないのに。そう思うと、やるせなかった。お互い自分にない財産を持つ同士、わかり合え、助け合えたかもしれないのに。グレープフルーツの味わいが急に苦く感じられた。

翌日、初美のもとに届いた乳がん検査の結果は、異常なしとあった。

ライムで半裸

今年の夏、一体全部で何杯のモヒートを飲んだのだろう。

初美はクラッシュした氷を口の中で転がしながら、ここ二ヶ月分の記憶の海を漂う、グラスを飾るくし型ライムを数えてみる。一番最初はそうそう七月の頭。東京ミッドタウン裏の檜町公園で行われた女友達らとのピクニックだ。屋外カフェで購入したモヒートの生ミントとライム果汁がたっぷり入った爽やかな味わいに感動したっけ。あれ以来、居酒屋やカフェのメニューで目にする度、注文し続けた。出先で飲むだけでは飽きたらず、ベランダでスペアミントを育て、バカルディ・ラムの大瓶を買い、夫と二人で毎晩手作りモヒートを楽しんだ。お互い仕事で忙しく、どこにも出かけることは出来なかったけれど、結婚四年目、かつてないほど充実した夏だったかもしれない。たくさんの料理を覚えた。キューバ生まれのモヒートに合いそうな、ワカモレ、スパイスをきかせたいんげん豆のご飯、魚介のフライ。キッチンに珍しいスパイスの小瓶が増えるたび、人生が豊かにふくらんでいく気がした。ミントの生い茂ったベランダにデッキチェアとテーブルを引っ張り出し、夜風にあたりながら夫婦で晩酌を楽しんだたくさんの夜。花火大会の日は、音だけしか聞こえなかったけど、それでも十分に満足だった。今日でとうとう八月も終わり。海にも山にも行けなかったけど、思い残すことはなにもない。

「今年の夏は流行ったよねえ。モヒート」

「そうなの？　俺、忙しくて全然飲みにいってないから、わかんない。夏、あったのかって感じ……」

カウンターの右隣に腰掛けている、大学の同級生の羽生ちゃんは、なんだか老けた顔でつぶやいた。肌が乾燥していて、背中が丸い。決算直前は徹夜が続くというのは前から知っているけれど、それにしても最近の彼には生気がない。同じ三十一歳だということを忘れてしまいそうだ。こうして月に一度、彼の勤める会計事務所近くにあるこのバーに通い、近況を報告しあっているだけに、ささいな変化が気にかかる。ただの夏ばてならいいのだけれど。

「うちも休みなんてなかったよ。ただ、今年はクーラーが壊れたのをきっかけに、夫とクーラーなしで過ごすことにしたんだ。そのせいでおうちでの過ごし方や生活パターンを見直すことになったの。充実していたのはそのせいかな」

「へー、この暑いのに。よく平気だったなあ」

「ミントやグリーンをたくさん育ててベランダを涼しくしたの。毎晩、そこで晩酌したのよ。ほとんど下着みたいな格好でね。うちわや風鈴も揃えてさ。寝るときも窓を開けっ放しにして、ハーブの香りを感じながら寝たんだ。クーラーできんきんに冷やすのもいいけど、網戸越しの夜風もいいもんよ。おうちにいながらにしてリゾート気分」

「げっ、それ絶対、覗かれてるぞ」

「最上階の八階だもの。それに、うちのマンションはコの字型なの。向かいの棟の同じ階の老夫婦、八月中は毎年、葉山に行ってるんだよね。だから誰にも見られる心配はないの」

「だからって、夫婦揃って半裸でうろちょろしてるのか。色気ねえな。そりゃ、レスにもなるわ」

羽生ちゃんは莫迦にしたように肩をすくめるが、初美は気に留めない。

「去年は熱中症が問題になっていたせいか、塩味スウィーツやソルティ・ドッグが流行ったけど、今年はミント味とモヒートだったよね。引き続き節電モードでエコ流行りだから。口にするもので涼を得ようっていう風潮。いいよね。美味しいものを楽しみつつ地球のこと考えられるって。ねえ、マスター」

カウンターの向こうで、生ミントをごりごりとペストルで潰している白髪のマスターに、そう呼びかける。彼はいつものように無言のまま、顎を引いた。羽生ちゃんがふいに声を低くした。

「ソルティ・ドッグなあ。去年、ここの席で渡辺さんと一緒に飲んだよなあ。西瓜味の」

　渡辺、とは初美の旧姓である。

　ほの甘いカクテルとグラスを彩る塩のコントラストを思い出すうちに、二人の間を流れる空気が湿って重くなっていくのがわかった。昨年、互いのセックスレスについて打ち明け合ううちに、妙な雰囲気になったのを思い出し、初美はそわそわしてくる。羽生ちゃんの手がごく当たり前のようにスカートの中の太ももに伸びてきた。彼は感に堪えぬように、

「相変わらず、たまんねえ身体してんな……。肌がもちっと吸い付いて、手から離れないよ……」

　と耳元で囁《ささや》いたが、初美はぴしゃりと払いのけ、睨み付けた。正直なところを言えば、たったこれだけのことで身体の芯がざわめいているのだが、感じまいとする。

「こりてないよねー、お前も！　事務所のアルバイトとの浮気がバレて、妻さんと娘が出て行って、泣きついて帰ってきてもらって、ようやく立て直し成功って時に、なにやってんだ！」

　羽生ちゃんは打たれた手を大げさになですっている。他に客の姿がないのでこんなやりとりも安心して出来る。マスターはいつものようにこちらに視線を向けようともせず、一心にシェーカーを振っている。

「なあんか、雰囲気変わったよなー。渡辺さんって、拝み倒せばギリギリやらせてくれそうなゆるいエロさが良かったのに……。露出減ったというか、地味になったというか、色気なくなったよなあ。これじゃあよくいるロハスおばさんだよ……」

彼は心底つまらなそうに初美の出で立ちを上から下まで眺め回した。

自作の葉のモチーフのアクセサリー、胸元にレースをあしらったコットン素材のワンピース、重ね穿きした絹ソックスにブーティー。大人っぽい可憐さに冷え対策もプラスした自慢のコーディネートなのだが、羽生ちゃんの心はくすぐられないらしい。

それでもまったく構わない。最近、クールビズを意識して、さらりとしたオーガニック素材を好んで身に着けるようになった。下着もすべてコットンで統一している。汗で化粧が崩れやすいので、最小限のポイントメイクに抑える代わり、基礎化粧品はすべて自然派の良質なもので揃え直した。猛暑の多忙な毎日を、心地良く過ごせたのは、自炊を増やして野菜たっぷりのヘルシーな食生活を心がけただけではなく、肌に触れるものにもこだわったからだと思う。冷え性も改善され、少しだけど体重も落ちた。おまけに肌や髪のコンディションは絶好調。

何より、そのすべてが夫の好みに適っているのが誇らしい。女性誌編集長という職業のせいか、夫は流行のファッションには食傷気味で、素材にこだわった渋くて上品な出で立ちが好きなのだ。初美はもともと、身体の線が出る明るい色のワンピースやウエストのくびれたふんわりしたスカート、飴のように光るカラフルなアクセサリーが大好きだけれど、そろそろ落ち着いた好みを身に付けてもいいのかもしれない。人妻になったのだし、不特定多数の男にアピールする必要はないのだ。夫一人に熱愛されればそれでいい。そう考えると、思考も趣味もシンプルに整理され、まっすぐに突き抜けていく。ナチュラル系の女性誌で提唱されるように、日々の暮らしを丁寧に営めば、おのずと結果はついてくるものなのだ。確かな実感に、初美は大げさに胸を張り、羽生ちゃんの肩に肘を載せた。

「はっはっは。もう昔の私ではないのだよ、羽生くんや。一つ上のステージに上がった、というべきかな」

「なに、その心境の変化。まさか、とうとう夫さんとヤッたのか……」

羽生ちゃんはみっともないほど青ざめ、こちらの肩をつかむと激しく揺さぶった。初美はにやついたまま、されるがままにぐらぐらと身体を揺らす。

「セックスレス同盟抜けんのか！　なにそれ、ずるくない？　一人だけ卑怯じゃない？だいたい、なんでそれ今俺に言うの!?」

本当に泣き出しそうで、初美は笑ってしまう。去年、彼の誘いを真に受けたあげく、火照《ほて》った身体を邪険につっぱねられた恥と恨みが消えて行くようだ。マスターはこちらの騒ぎにもなんの反応も見せず、二人の前に無言で二杯目のモヒートを並べる。初美は羽生ちゃんの肩をぽんぽんと叩いた。

「安心おしよ。おたくと同様、セックスレスは継続中。でも、セックスできなくて、苛々するのやめたの。性より大事なものがこの世にはあるじゃん。それがこの夏、ようくわかったの」

初美はモヒートに手を伸ばしながら、檜町公園でのピクニックを思い出そうとする。最近は大学時代からの親友、芽衣子とばかり会っていたので、女子高時代の同級生らとの集まりは久しぶりだった。いずれも既婚者で仕事を続けているため、なんのブランクも感じさせず、話は弾んだ。持ち寄った手作りのサンドイッチやフライ、屋外カフェのカクテルを楽しみながら、いつの間にか話題は夫婦の問題へと移った。一番おしゃべりな本城菜子《ほんじょうなこ》の告白をきっかけに、一人また一人とセックスレスを打ち明けたのだ。その場にいた五名全員が、三ヶ月以上パートナーとセックスしていないと知った時の、あの安堵感は忘れがたい。上司とのダブル不倫に飽き足らず、最近新たに年下の恋人を得た芽衣子の話に慣らされていたため、世界中でセックスをしていない既婚女性は自分くらいかと半ば本気で思い込んでいたのだ。二人の子持ちである遠藤花江《えんどうはなえ》がからっとした口調で言い放った。

——子供できたら綺麗に性欲が消えちゃって。お互い男と女じゃなくて家族だから。でもさ、前よりずっと仲はいいよ。

渡辺さん、心の底からやりたいわけじゃなかったのかよ。俺、渡辺さんのエロ[illegible]耐えてるのに、夫さんのために我慢しているとこ、うっすら尊敬してたのに。ひどい裏切りだよ。それ」

一気にまくしたてると、羽生ちゃんははっと口をつぐんだ。

「ごめん、今のは言い過ぎた」

羽生ちゃんは耳まで赤くしてうつむき、せわしなくストローでモヒートをかき回す。背中が一層丸くなっていた。

「俺、おかしい。きっと疲れてるんだ。夏の終わりっていつもこうなんだ。情緒不安定っていうか……。なんだか、人生がどんどん終わっていくみたいで。やり残したことがある気がして、焦って寂しくなるんだ」

羽生ちゃんの言葉に、初美はぎくりとした。なぜなら、かつては自分もそう思っていた。八月の終わりはいつも悲しかった。どんな夏にも、満足できなかった。これといった理由もなくふさぎ込んで、家族や友達を心配させたこともある。いつの頃からだろう、やり過ごす術を身につけたのは。

やっぱり年をとったのだろうか。ミントが奥歯にぴしっと挟まって、一ミリたりとも動いてくれそうにない。

田園都市線に飛び乗り、最寄り駅の三軒茶屋にたどり着いても、羽生ちゃんの言葉の数々がずっとひっかかっていた。きちんと消化しないまま、家に帰るのは心許ない気がした。

*

そういえば、この夏はかき氷を食べていない、と初美は唐突に気が付き、足を留める。まだ八月中なのだから、ファミリーレストランで扱っているかもしれない。夫が帰宅するのはどうせ十一時過ぎだろう。デザインを書き留めるスケッチブックは籠バッグの中に入っているし、甘い物でも食べながら新作アクセサリーの案出しをしよう。思い立つなり、駅前のコンビニの二階にあるファミリーレストランに足を向けていた。もともと自宅でアイデアを練るより、飲食店の方がはるかにはかどる質《たち》である。店へと続く階段に蝉の死骸が落ちていた。蛍光灯を浴びて黒光りするそれは、夜風にかすかに羽を震わせている。

店内は客もまばらで、初美は窓際の四人がけソファ席に案内された。ラミネートされた季節のデザートメニューを引き寄せると、すでに「紅芋パルフェ」や「モンブランタルト」などの秋色のお菓子で彩られている。店員を呼び止めると、かろうじて日付が変わるまでは、かき氷を取り扱っているとの説明を受けた。初美は苺と練乳のかき氷をオーダーし、スケッチブックを広げた。

色鉛筆を走らせていると、真後ろに座る、若い男二人の会話が耳に入ってくる。

「とにかくすっげえ巨乳なんだよ。どうみてもあれは俺を誘ってんだろ。欲求不満で身体がうずいて仕方ないって感じ」

「そんなAVみたいなこと、あるわけないだろ。勉強のしすぎで頭どうかしてるんじゃないの」

若いなあ、と初美は懐かしい思いで小さく振り返る。自分にもこんな時代が、短いけれど、確かにあった。性的な妄想に取り付かれ、四六時中、異性の視線がこちらに集まっている気がしていた。とんだ思い上がりと勘違いだと、今ならわかるのだけれど。

見ればなんと声の主は、マンションでよく見かける大学生くらいの男の子ではないか。坊主頭と黒目がちの瞳、ぶかぶかのTシャツから伸びる青白い首筋に覚えがある。そう、エントランスや廊下で何度か会ったっけ。こちらが会釈しても、不機嫌そうにぷいと顔を逸らす今時の若者だ。きっと彼から見たら、自分などただの賑やかなおばさんなのだろう。内容が内容なだけに気付かれるのはまずい、と慌てて前を向き、スケッチブックに視線を戻す。今度は、隣のソファ席に座る十代の女の子たちのおしゃべりが聞こえてきた。

「結局、彼氏できないまま、今年の夏も終わったね〜。なあんにも、なかったなあ」

「ねー、もうこれは下手すると、クリスマスまでぼっちコースだわ」

ちらりと視線を送ると、桃のような肌と長い手足がまぶしい三人組の少女だった。なんの出会いもなかったなんて、信じられない。いずれもエネルギーを持て余すように、椅子からずり落ちそうに腰掛け、頬杖をついている。きっとすぐにそれぞれ恋人が見つかることだろう。こうして夜のファミレスで、女同士で夏の終わりを惜しんだことも、いい思い出に変わるはずだ。夏のピリオドをうまく打てなくて、なんとなくここに集まっているような若者たちが、初美はふと愛おしくなった。

かき氷が運ばれてきた。人工的なピンク色は最近極力避けている類いのものだ。柄《え》の長いスプーンでさくり、と氷山を切り崩し口に運ぶ。きん、と脳に鋭い痛みが走り、ありがちと分かっていてもこめかみを押さえずにはいられない。ダメだ、全部を食べ切ることは到底出来そうにない。昔はこれくらいのボリュームなら、瞬く間に突き崩してしまったのに、と少しだけ悲しくなった。店員を呼び止め、温かいカフェオレを注文していると、再び後ろの席の男の子たちの会話が聞こえてきた。

「明らかに見てくれって感じだもん。覗いて欲しいんだよ、あれは。だって、毎晩、裸同然の格好でベランダに出てるんだぜ。旦那も一緒にさ。嫁の身体を見て欲しいってことなのかな。プレイの一環？」

あれ――。初美は手にした色鉛筆を思わずテーブルに置く。全身の神経が後頭部に集中するのがわかった。

「いやー、それは、お前の考え過ぎじゃね？」

「だってさあ、すげえ身体なんだよ。もう3Dのエロ動画って感じでさ。オナニーに忙しくて、勉強なんて手につかないよ。あの奥さんを四つん這いにして後ろから突っ込みてえよ。明日、爺さんと婆さんが帰ってきたら、もう実家に戻らないといけないし……」

「おいおい、来年も浪人なんてしゃれになんねえぞ。ていうか、その女、俺も見たい。これからお前んち、行っていい？　お前のマンション、すぐ近所だろ？」

「ダメダメ、あの女は俺だけのおかずなんだから。誰かに分けるかよ！」

身体の血が急激に下がっていく。頭痛がするのは氷のせいばかりでもないらしい。カフェオレの到着を待たずに慌てて会計を済ませ、初美は逃げるように店を後にした。

マンションに行き着いても、胸の動悸は収まらない。確信と疑惑の間で、心が振り子のように揺れている。通気性が良いはずのコットンのワンピースがいつの間にかべったりと身体に張り付いていた。エントランスに入ると、真後ろで声がして初美は飛び上がりそうになった。

「あ、島村さん、今晩は。お仕事、今終わりなの。遅くまで大変ねえ」

見れば、隣の部屋に住む江原《えはら》さんの奥さんだった。五十代半ばの彼女はご主人とお嬢さんとの夕食が済むと、こうして上下ジャージに着替え、ウォーキングに勤しんでいる。マンション一の情報通の彼女であれば、知っているかもしれない。

「今晩は。あの、ええと、つかぬことをお伺いしますが……。うちの部屋の向かいの棟の部屋なんですけど……。あそこって八月はどなたもいらっしゃいませんよね」

「あれ？　あの家、無人じゃないはずよ。確か留守をお孫さんが預かっているんじゃなかったかしら」

喉にかたいものがこみ上げてくるのがわかった。彼女と並んで自動ドアを潜り、極力なんでもない表情をつくってエレベーターに乗り込む。

「確か、浪人生の男の子よ。都内にご両親と住んでいるんだけど、集中して受験勉強したいとかで、八月の間は、留守番を兼ねて一人であの部屋にこもっているのよね」

「あの、いつもリュックサックをしょってる、坊主頭のぶっきらぼうな子ですか……？」

「ぶっきらぼう？　それ、人違いよ。今時めずらしいくらい、きちんとした愛想のいい坊やじゃない。そうだ、淳平《じゅんぺい》くんっていうのよ。もしかして、ねえ、何かあったの？」

好奇心に目を光らせる江原さんの奥さんを振り切るように部屋へと帰り着き、ドアに鍵を差し込む。

向かいの家には人が居た。初美のしどけない姿は毎晩、淳平くんの目に入っていたということか。恥ずかしい、というより、有り難い、という気持ちが強い。自分にもまだ、性的対象になるだけの魅力が残っているのだとしたら。ひょっとすると日常のあちこちでセックスするチャンスに恵まれていたのに、すべてを見落としてきたとしたら。淳平くんのぶっきらぼうな態度は、自分への欲情を隠すためのものだとしたら。もしかして、この一ヶ月、ものすごい損をしてきたんじゃないだろうか。彼は可愛い。何より若い。

胸にざわざわと広がっていく焦燥感は、懐かしい香りがした。

ドアを開けると、むわっと熱を持った空気が押し寄せてくる。靴を脱ぐなり、迷わず、リビング一面の窓を開け放った。向かいの棟の部屋の窓はまだ暗い。

四畳ほどのベランダは、ミントやハーブの鉢に取り囲まれている。この夏はここでどれほどの時間を過ごしただろう。汗を掻いたので、ひとまずシャワーを浴びることにした。

脱衣所に入り、ワンピースを脱ぎ捨て、下着姿になった。コットンの白のパンティはへそまでしっかり隠れるデザインで、色気のかけらもない。淳平くんに申し訳ない気がした。股間がじんわりと潤っているのが、なんだか惨めだった。先ほどの淳平くんの言葉を思い出しながら、シャワーを使ってオナニーでもしよう。浴室のドアを押したその時、鍵が差し込まれる音がし、夫が帰ってきた。裸のまま、脱衣所から顔を出す。

「おかえり。ねえ今、お風呂入るとこ。一緒にそのまま入らない？」

「ただいま。いいね。それ」

夫はごく当然のようにやってきて、バサバサと衣服を脱ぎ捨てる。

そのまま、二人でシャワーを浴びた。互いの肌に何度か触れたが、まるで幼い兄妹のように、自然でにごりのないじゃれあいだった。淳平くんだったらどうだろう、と想像せずにはいられない。初美と一緒にシャワーを浴びるとしたら、息も荒くこちらの身体にむしゃぶりついてくるだろうか。ぎらついた目で乳房や性器を眺め回し、乱暴な手つきでいじくるのだろうか。

浴室を出ると、夫はタオルを腰に巻き、台所に入っていく。初美の視線など気にも留めず、すっかり慣れた手つきで氷とラムの瓶を取り出し、風呂上がりのモヒートを作る。

ねえ、向かいの棟の部屋の男の子が私たちのこと見てるよ、と喉まででかかったが、やめた。八月三十一日。今日で最後ではないか。初美は丈の短いタオル地のバスローブのまま、ベランダに出た。

「ミントが増えて森みたいになっている。そよそよよいで、なんていい香り」

やがて、夫がモヒートのグラス二つを手にして暗がりにやってきた。無造作にミントを摘み取り、濡らしたキッチンタオルでたたくと、そのままグラスに入れる。

「風もちょっと涼しくなってきたね。明日からはあっちのご夫婦も帰ってくるし、こうやってベランダでくつろぐのも今夜で最後かな」

「ねー、いい夏だったねえ。いっぱい一緒に過ごせて楽しかった。かんぱい」

グラスを合わせると、澄んだ音が響いた。頭上には、星のない都会の夜空が広がっている。遠くにキャロットタワーが光っていた。

痩せ型の夫もこうしてデッキチェアに横たわると、下腹部がたるんできたことがわかる。来年は、もっと身体が崩れている。自分も同じだ。こうして二人並んで、どんどん死に近づいていく。誰にも止めることはできない。淳平くんはもう帰宅している頃だろうか。窓は暗いけど、暗闇で目を光らせているのかもしれない。

――よく、見ておけ、若者よ。これが夫婦だ。きれい事だけではすまない。白でも黒でも割り切れないのが夫婦なんだ。きっといつか君もそれを知るだろう。

初美はふと淳平くんに教えてやりたい気になった。向かいの棟の部屋の、おそらく書斎がある辺りに、見よう見まねにセクシーな流し目を送ってみる。夫が気にする様子がないので、そっとバスローブの前をはだけさせた。夜風がむきだしの乳房を撫で、ぞくりと鳥肌が立つ。モヒートに浮かんだライムをぎりりと嚙みしめる。真夏の最後にふさわしい、彼のおかずに、自分はなれるだろうか。

グラス越しの夜空に、見事なブルームーンが輝いていた。

官能やときめきと引き換えに手に入れた、この爽やかな幸せを味わいつくそう。そして、身体が満たされないまま人生が目減りしていく焦燥感を、口の中の氷と一緒に溶かしてしまおう。

初美はしばらくの間、乳房を夜風にさらしたまま目をつむっていた。

林檎をこすれば

数年ぶりに降り立った二子玉川駅は、まるで近未来都市のようだった。

既婚女性向け雑誌の広告がひろびろとしたホームを見下ろしている。「私たち、恋も夢も家族もあきらめない。勝ち組のてっぺんはいつも『ママ』！」という文字が誇らしげに躍っていた。初美は一週間分のおかずや食材が詰まったトートバッグと、林檎で山盛りの紙袋を抱えて改札を抜けた。

そびえ立つタワーマンションにショッピング施設。どこもかしこもピカピカと明るく、清掃が行き届いている。赤や緑のクリスマスのオーナメントや豆電球があちこちに飾られ、しゃれた雑貨屋の店先からはジングルベルが流れていた。ホームの向こうに見える、多摩川沿いののんびりとした風景とは対照的だった。都心に出ずとも何でも揃うし、ちょっとした自然も感じられる。子供を育てるのに最適な環境かもしれない。でも、こうも完成されていると、自分だけ取り残されたような寂しさを感じるのも事実だった。

さすがは芽衣子の選んだ町だけある。大手酒造メーカーの広報、既婚者にして二児の母。それだけでもすごいことなのに、二名の愛人をキープするという、普通の女にはとても真似できない気力と体力の持ち主なのだ。そんな彼女が体調を崩すなんて、十三年に及ぶ付き合いで初めてのことだった。忙しさのあまり予防接種を受けるタイミングを逃しているうちに、現在大流行中のインフルエンザにかかってしまったと聞いている。五歳になる彩花《あやか》ちゃんと三歳の健人《けんと》くんは、品川の彼女の実家に預けられているらしい。

芽衣子には申し訳ないけれど、どうしても張り切ってしまう。看病という響きに、ちょっとわくわくしてもいた。五歳年上の夫は一見ひ弱そうに見えても、自己管理が徹底しているせいか体調を崩すことがない。自分は誰かの世話をやくことに飢えているのかもしれない。

ベビーカーを押した若い母親と何人もすれ違う。いずれもまるでモデルと見まごうような完璧なスタイル、手入れの行き届いた髪と肌が目を引いた。彼女たちの赤ん坊はおしゃれな子供服に身を包み、柔らかそうな髪をそよがせていた。

そろそろ、欲しい――。すでに二年近くも夫とのセックスがないという事実を忘れ、初美は焦がれるようにそう思う。あのふわふわした肌の乳臭い温かい生き物を、思い切りこの手で抱きしめたい。痛いくらいに乳首を吸われ、身体がぼろぼろになるまで強く必要とされたい。出産や育児の壮絶さは既婚者仲間から再三にわたって聞かされているけれど、その苦しみを含めて、どうしてもこの身で知りたい。命というものを知り尽くしたい。性欲のずっとずっと先にあるものを、この手でつかんでみたい。行き場を失った母性をアクセサリー制作に注ぎ込んでいるつもりだが、大きな展示会を終えた今、達成感と同時にさびしさを覚えている。からっぽの身体は、気を抜くと北風にのっとられてしまいそうだ。

一生自分の子供を抱かずに死ぬのではないか、という予感がふとした瞬間襲ってくる。年々大きくなる友人の子供たちに目を見張る度、芸能人の出産ニュースを目にする度、こんな風に母子とすれ違う度、暗い予感が湧き立つ。三十一歳という年齢をそう気にしているわけでもないし、周りがせっつくわけでもない。問題は夫の姿勢だった。

――初美との赤ちゃん、可愛いだろうな。

そう言って微笑むけれど、性的なふれあいを求める気配は今なおまったくない。コウノトリが運んでくるとでも思っているのか。あなたが動かなければ、何も変わらないのよ、とつかみかかりたい気にさえなる。そうでなくても、大好きなはずの夫の言動が、最近やけに腹立たしい。この一ヶ月、かつてないほどのすれ違いが続いている。仕事を理由に年末の予定をいくつもキャンセルされた。帰宅はいつも午前になってからだ。自分から誘いをかけても、疲れているからまた今度、とやんわり押し戻されるのは、もはや慣れっこだった。

女性誌編集長の多忙さは理解しているつもりだし、彼ばかりが悪いわけではないこともわかっている。自分だって仕事がたてこんだり、展示会の直前だと、ろくに家事もせず、彼の帰りを待たずにさっさと寝ている。そんな時の夫は自分も疲れているだろうに、野菜たっぷりの食事を作ったり、マッサージをしてくれたりと、労ってくれる。男と女ではなくなったからこそ生まれた連帯感やあたたかさは、なにものにも代えがたい。彼の支えなくして生きていくことは、おそらく不可能だとよくわかっている。

芽衣子の新居は競うようにひしめくタワーマンションの中でもとりわけのっぽで、すぐに見つけることができた。芸能人が住んでもおかしくないような物件だが、企業コンサルタントのご主人と芽衣子にはそう無謀な買い物でもないのだろう。オートロック操作盤のテンキーで彼女の部屋番号を入力すると、通話口からはよく聞き取れないうめき声のような芽衣子の声が漏れ、自動ドアが開いた。少し緊張するくらい静かなエレベーターで二十二階に昇り、部屋の前にたどり着くと、ドアが開いた。

「ごめんねえ。こんな格好で……。駅から場所わかった？」

パジャマ姿でドアを力なく押した芽衣子は、むくんだ赤い顔をしていた。彼女のすっぴんを見るのは久しぶりだ。眉がなく、唇に色がないと、女子大生の頃とそう変わらない。この十年、一分の隙もない彼女の姿を見慣れていたから懐かしかった。

「目立つから、すぐわかったよ。すごいね、にこたま、久しぶりに来たけど華やかになったねえ」

「初美、忙しいのにごめんね」

「いいよ、いいよ。今、展示会終わって比較的暇だもの」

ブーツを脱ぎ、部屋に足を踏み入れる。ちり一つ落ちていない広々としたフローリングのリビングは、壁一面の窓からたっぷりと陽光を受けて輝いている。子供がいる家とはもっと散らかっていてもいいものではないだろうか。

「ポカリに鍋焼きうどんにみかんゼリー、あといろいろおかず作ったから、冷蔵庫に入れておくね。重久《しげひさ》さんのお口に合うかわからないけど」

「なにからなにまで、ごめんね。わあ、綺麗な林檎……。真っ赤だ……」

熱っぽいかすれた声でそう言うと、芽衣子はぼんやりした目を紙袋に向けた。初美のマンションの向かいの棟の部屋に住む老婦人、城山《しろやま》さんからわけてもらった林檎だった。毎年、信州に住む妹から送られてくるものだという。美味しい林檎の見分けかたは、ぎゅっと握った時に、内側から跳ね返してくるような生命力のある、硬くひきしまったものを選ぶこと、と彼女は教えてくれた。

「同じマンションのおばあさまからいただいたの。今、すってあげるね。台所借りるよ。おろし金とまな板と包丁の場所だけどのへんか教えて」

しきりに手を貸したがる芽衣子を無理矢理ソファに寝かせ、ブランケットをかぶせた。丸対面式システムキッチンの流しは新品同様に輝いていて、洗い物も溜まっていない。丸二日芽衣子が寝込んでいるにもかかわらず、荒れている様子がどこもないのが不思議だった。重久さんはおそらく几帳面で、家事も得意なのだろう。結婚式以来、数えるほどしか会ったことがない、芽衣子の機嫌をうかがってばかりの人の良さそうな丸顔を思い出す。林檎を包丁で二つに割ると甘くさわやかな香りが広がる。さすがに刃物の切れは悪くて、後で研いでおこうと思った。皮を剝いた林檎をおろし金にごしごしとこすりつける。

「初美だって忙しいのに、丁寧に暮らしてるって感じ。ご近所とやりとりなんてしちゃって。小津映画みたい。なんかほっこり」

「へへ、最近ではその城山さんのおうちにお邪魔して、お料理も教えてもらってるの」

城山さんが林檎と一緒におすそわけしてくれた自慢のアップルパイは夫も絶賛するほどの美味しさだった。そう告げたら彼女はとても喜び、是非作り方を伝授したいと身を乗り出した。昨日は中に詰める林檎のフィリングを習った。来週はいよいよ折りパイを教わる約束をしている。

「私なんて食材も日用品もみんなネットスーパーでクリック一つだもんな。マンションの人とも付き合いないし」

林檎一個分のすりおろしを浅い小鉢に盛り、スプーンを添えて、ポカリスエットと一緒に芽衣子のもとに運ぶ。彼女はスプーンでひとさじ口に運ぶと、冷たく甘い息をうっとりと吐いた。

「誰かに林檎すってもらうのって久しぶり。すごい美味しい。スムージーなんかめじゃないね」

芽衣子はさも美味しそうに、林檎のすりおろしをすすり上げた。

「確かに人のためにはやるけど、自分のためにはすらないよね、林檎って……」

窓の外に目を向けても、部屋の位置が高すぎて空しか見えない。

親が自分にしてくれたように、子供を育てられるだろうか。初美は最近、よく想像する。家で出来る仕事だから、保育園に入れるのは色々と難しいのかもしれない。でも、子持ちの同業者ならいくらでもいる。アクセサリーの素材は口に入れたら危険だから、納戸にしているあの六畳間を仕事部屋にして、そこに決して子供を入れないようにしよう。夫はいい父親になれると思う。共働きさえ続ければ、子供に何不自由ない暮らしをさせることができる。もちろんどんなに準備が整おうと、肝心のセックスがなければどうにもならないのだけれど。

芽衣子はまたたく間に空になった林檎の小鉢を傾け、集めたジュースをスプーンで大事そうにすくった。

「やっぱり持つべきものは友達だよね。男なんて何人居たってさ、こんな時にお見舞いしてくれるわけないもんね。ちやほやされたって肝心な時に一人きりだと、何やってんのかなって思うよ」

やさぐれた口調と裏腹に、その声は林檎のせいで甘く潤っている。

「そりゃ、そうでしょ。既婚の女の家に近づけるわけないじゃん」

「そういうことじゃないよ。別に私のこと、好きだとか理解してるわけじゃないよ。おっさんもワンコもさ」

　おっさんとは既婚の上司、ワンコとは会社に出入りする大学生のアルバイトを指す。

「おっさんはさ、私から生きるエネルギーをもらいたいだけだし、ワンコはやりたい盛りで、人妻って響きに興奮しているだけなんだよ」

　芽衣子はそれきり、ぼうっと宙に視線を彷徨《さまよ》わせた。

「子供いないの、いいな。初美は自由で。ほんっと羨ましい」

「そう？　私は早く欲しいけど……」

「いや、チビたちが大事じゃないわけじゃないんだよ。でもさ、時々、ほんとにくったらしくてたまらなくなる。私を不自由にしてるのはこいつらなんだって思うと」

「愛人二人いても不自由なの？」

　ちゃかしたつもりだったが、彼女は真面目な顔できっぱりと言い切った。

「不自由だね。子供が生まれる前の私はもっと野に放たれてた」

　言葉にしてすぐ罪悪感にとらわれたのか、芽衣子は早口になった。

「見たでしょ、ホームの広告。いっかにも家族はすばらしい、ママ最高って感じでさあ。

時々息が詰まりそうになる。なんでそんな狭い価値観に閉じ込めるんだよって感じ。ついい便利な場所だからマンション買ったけど、本当に一生いい子のふりしてここで暮らすのかって思うと、うんざりするよ」

初美は驚きながら、ほんの少しだけ安心する。大学生の頃、こんな風に二人で頭をくっつけて、他人には決して言えない苛立ちや怒りを分かち合ったものだ。

「その点、初美は幸せだよ。ちゃんとパートナーにも向き合っててさ、生活も大切にしてる。落ち着いていて揺るぎがないって感じ」

揺らいでばかりだ、と打ち明けたい気がする。いつからか、芽衣子にすべてを話せなくなっていた。彼女を好きな気持ちに変わりはないし、自分の人生を卑下するつもりもない。頭ではわかっているが時折、芽衣子が豊かな性生活を匂わせる発言をすると、どうしようもなく胸が波立ってしまうのだ。

「すごいよね、ご近所のおばあさんとも楽しく過ごせるって。将来が怖くない証拠だよ。私、年寄りって苦手なの。死の匂いがするじゃん。自分もいずれ、こんな風にしわしわになるんだ、腰が曲がるんだって思うと、怖くなる。そうしたら、誰も私のことなんて相手にしなくなるんじゃないのかな」

「……そんなことないよ。おばあさんになったらさ、二人であちこちいこうよ。お遍路とかさ、歌舞伎とか名画座とか宝塚とか。ベタすぎるくらいベタなところ」

芽衣子の表情にようやくいつもの茶目っ気が戻ってきた。

「あ〜、いいね！　失敗がないやつね、いいね。つくづく初美がいてよかったなって思うよ」

汗ばんだ身体に薄手のパジャマが張り付き、窓からの陽光がうっすらと肌を透かしている。改めて、綺麗な女だな、と思う。

「ねえ、芽衣子、身体拭いてあげよっか。汗びっしょりじゃん」

「え、いいよお……その、お風呂にも入ってないし。脱毛も……」

珍しく困ったようにうつむく芽衣子は、やけに色っぽい。こういうところに男は惹かれるんだろう、と初美は冷静に観察する。まさかキスマークだの爪痕だのを気にしているんじゃないか、と邪推したら、意地悪な喜びがむらむらと湧いてきた。初美は洗面所から小さなタオルをいくつか持ってくると、水で濡らしてサランラップを巻き、電子レンジに入れる。一分温めて蒸しタオルをたっぷり用意すると、ふざけた風を装って芽衣子のパジャマに強引に手をかけた。

「遠慮しないでよ」

裸の背中はなめらかで、あばら骨が目立つほど薄かった。大学時代に温泉旅行をした時とまるで変わらない。二人の子供を産み、複数の男たちと交際している人妻にはとても思えない。腰は少女のようにほっそりしている。形のよい小ぶりな乳房を不釣り合いなほど大きな乳輪が彩っていた。ピンク色というより赤に近い、ぎくりとするような鮮やかさだ。ぼたんの花のようだと見とれてしまう。裸の背中を向けたまま、芽衣子はぼそりと言った。

「いいよね。好きな相手と結婚できるって」

「芽衣子だって、最初は重久さんのこと、好きで結婚したんじゃないの？」

「うーん、好きっていうかさ。向こうに押し切られたのかな。あの時は男にフラれたばっかで、自暴自棄だったんだよね……。ね、初美は浮気したいと思ったこと、ないの」

ティッシュケースに手を伸ばし、ちん、と鼻をかみながら、芽衣子はそう尋ねた。

羽生ちゃんとのキス、義弟の貴史くん相手によからぬ妄想をしたこと、城山家に出入りする孫、淳平くんに半裸姿を覗かれてムラムラしたこと。ひとつひとつが胸に蘇る。芽衣子に比べれば浮気とも呼べないが、彼らとのセックスは数え切れないほど妄想した。自分を止めたものとはなんだろう。夫への愛と思い込んでいたが、最近そうでもないのかもしれない、と気付き始めている。初美は正直になることにした。

「そりゃ、あるよ。でも、一から全部始めなきゃいけないとか、家の外でセックスして秘密を抱えて帰ってきて、何食わぬ顔で日常生活に戻るとか、そういうの考えただけで俄然、面倒くさいんだよね」

面倒くさい、というマイナスの感情が、人の一生を形成しているんじゃないかと思うことがある。もしかして、初美がもっともっと努力すれば、事態は好転するのかもしれない。エステに通い、毎日美しい下着を身につけ、脱毛を欠かさず、性的魅力を振りまけば、夫だって情熱を取り戻すのではないか。いつかはしてみようと思うが、今はしたくない。第一、夫だって努力をしていない。

「面倒くさくなければ、初美も不倫するの？　なーんかほっとしたような、ちょっとさびしいような」

「だってさ、もし不倫するとしたら、そうそう高いホテルに行けるわけじゃないし、ラブホテルかビジネスホテルでセックスするわけでしょ。シャワーを浴びたら、髪が濡れるじゃない。ああいうホテルのドライヤーって壁につくりつけで、使いづらくて、ものすごい激しい熱風でさあ」

芽衣子は何を思い浮かべてか、にやにやしている。

「バッサバサの頭で身支度を調えてとぼとぼ歩いて家に帰るわけでしょ。たった一人で。さっきまで暖かい場所に二人でいたのに、もう一人で。重たい秘密を抱えて、髪の根元があっ、ちょっとまだ湿ってる、帰ったら下着は脱いですぐ洗わなきゃ、とか忙しく考えながら、どんどん冷たくなる体を引きずって、帰るわけでしょ。セックスの後ってけだるくて眠いのに、我慢して寒空の中を歩いて、何事もない顔で日常生活に戻るんでしょ。ものすごい気力と体力が必要だよ。海外旅行くらい大変そう。私には無理」

「へえ……、その通りだよ。ちゃんとシミュレーションできてんじゃない。ねえ、本当に夫以外とセックスしたことないの」

芽衣子は少し驚いたように目を丸くした。

「ないよ。でも、みんないつも考えるでしょ。それくらいのこと」

もしかして夫もそうなのではないか、と思うと、胃がしんと冷えていく。毎晩、我が家に帰ってくるその根底にある思いは、今から一人になって相手を探すのが面倒だからではないか。確かにセックスはしたい。できるものなら、今すぐしたい。でも、相手は夫でなくてもいいのかも、と思うとぞっとした。

体を清められてさっぱりしたのか、芽衣子は晴れ晴れした表情だ。新しいパジャマに着替えると、あたたかいうちに、といそいそと寝室に向かう。一緒に足を踏み入れる時、躊躇《ちゅうちょ》したが、薄暗い夫婦の寝室は自宅のものと匂いも湿度もそう変わらず、我が家と地続きに思えた。布団に潜り込むと、芽衣子は満足そうににんまりした。

「なんかさ、倒れてよかったかも。久しぶりだよ。こんな風に初美といろいろ話したり、自分のこと考えたりするの。時間がたっぷりあるってだけで自分に戻れるもんだね。あ、そうだ、熱測ろう。体温計どこだっけ」

芽衣子は身を起こすと、枕元のティッシュケースを乱暴にどける。そのとき四角く光る何かを見付けた。見間違いでなければ、これはコンドームではないか。初美は小さく息を呑む。芽衣子は恥じる様子もなく、肩をすくめる。

「……重久さんとの仲は、冷めてるんじゃなかったの？」

「そうだよ？　でも、それとセックスは別じゃゃん。もちろん少ないよ。ほんと、お義理で一ヶ月にいっぺん程度。しぶしぶって感じ」

芽衣子はけろりとした顔で言った。冷め切った仲だというのに、月にいっぺん。初美にしてみれば、夢のような数字だった。

「三人目とか出来たらどうしよう。マジで怖いよ」

初美はなんとか笑ってみせる。不公平を呪うほど子供ではない。

芽衣子にあって、自分にないもの。それはたぶん、容姿とか魅力の問題ではなく、内側からわき上がるような生命力なんだろうと思う。

芽衣子よりずっと自分の胸は大きいけれど、悲しいかな、乳輪は小さく、ぼんやりしたカフェオレ色だった。

＊

その日の午後、初美は約束の三時に向かいの棟の城山家を訪れた。

呼び鈴を押しても返事はない。ドアの隙間から煮た林檎の甘いにおいが漏れ、廊下まで流れていた。今日はいよいよ折りパイの作り方を習うつもりできたのに、どうしたのだろう。

「ごめんくださーい」

お年寄りなだけに、ふと心配になった。「年寄りは死の匂いがする」という三日前の芽衣子の発言を思い出す。ドアノブにそっと手をかけると鍵はかかっていない。ためらいはあったが、恐る恐るノブを引く。だらしないスウェット姿の男と目があった。孫の淳平くんではないか。彼は呆気にとられた顔でもごもごと言い訳する。

「風邪ひいちゃって、治るまでここにいなさいってばあちゃんが……」

「え、大丈夫なの？」

まともに言葉を交わすのは、これが初めてだった。たまにマンションですれ違っても、ぶっきらぼうに目を逸らされるばかりだった。理由はわかっている。

「じいちゃんは碁で、ばあちゃんは今、お隣にいってて、なかなか戻って来なくて。ばあちゃん、話し込むと長いから……。俺、喉渇いちゃって……。でも、年寄りの家ってペットボトルなくて……」

「わかった。わかった。なにか飲み物もっていくから、ベッドで寝て待ってなさい」

できるだけ彼の姿を見ないようにして靴を脱ぐ。人の家の台所に勝手に入るのはどうかと思うが、この際仕方がない。どこに何があるのかは、前回のレッスンでだいたい頭に入っている。ミネラルウォーターのストックが流しの下にあることを思い出す。コップに水をそそぐと、淳平くんの消えたドアへと向かった。

淳平くんが大人しく横になっているので、安心した。

もとは書斎だった部屋にベッドをしつらえ、大学浪人中の淳平くんがいつでも使える勉強部屋にしているらしい。ライティングデスク越しの窓からは自分の家のベランダが見え、さっと汗が滲む。淳平くんはごくごくと喉を鳴らして水を飲んでしまうと、力つきたように目を閉じる。思い切って切り出すことに決めた。

こんな機会はこの先、二度と訪れないかもしれないのだ。

「ねえ、見てたでしょ。私のこと。この夏、この部屋の窓から」

「気付いてたんだ……」

淳平くんは充血した目で下から初美を見つめている。ニットに包まれた身体の線が焦げてしまいそうだ。こんな視線を向けられるのは本当に久しぶりだ。

「たまんねえ……。エロ動画から出てきたみたいってずっと思ってた……」

身体の芯がざわざわしている。脚の間が濡れ始めているのがわかった。

「あの……、失礼なのはわかってるんですけど、その……」

淳平くんは恥じ入ったように顎を引いた。初美はやっと異変に気付き、おおっと男のような声をあげてしまう。

まるで官能小説みたいだ。自分の人生にこんなアクシデントが起こるとは。脇役のまま、二度とスポットライトを浴びないまま、なんとなく年を重ねていくのかと思っていた。

彼の股間にかかる毛布が小さな山を作っていた。まっすぐに空間を貫くように聳《そび》えていて、夫のいつもぐんにゃりしているそれと同じパーツとは思えない。良質な林檎のように、ぎゅっと握っても内側から跳ね返す力強さがあるのだろう。彼と目が合う。あとくされはなくて、浮気には格好の相手だ。

さて、自分が彼に覆い被さらないのは何故だろう。衣服を下ろし、彼の真っ直ぐな性器を受け入れ、騎乗位で腰を振らないのは何故だろう。上へ下へ、右へ左へとグラインド。フラフープを回すように彼の腹の上で円を描く。はじめの一歩が踏み出せないのは何故なのだろう。

暖房をつけているわけでもないのに、狭い部屋がまるでサウナのようにむし暑く感じられる。たった一人の人間が放つ熱で、ここまで空気が変わるものだろうか。これが生きるということだ、と初美は立ちすくむ。淳平くんは生そのものだ。

「俺、童貞なんです」

にわかに目の前の彼がまぶしくなる。仏像を拝むように手を合わせたい気さえしてきた。

「中高と男子校で、出会いなんてなかった。今はこの通り浪人で、勉強ばっかで遊ぶ暇もないし」

「……大学入れば、すぐ彼女なんて出来るわよ。淳平くん、可愛いんだし」

「そうすか？」

「そうよ。今、くよくよ悩んでいたことも、忘れちゃうよ」

心からそう思って言ったつもりだが、淳平くんには少しも届かないらしい。頭の後ろに手を組むと、つまらなそうに天井を見つめている。年上の話はちゃんと聞きなって、とたしなめそうになって、自分もそうだったことを思い出す。初めてのキス、初めてのセックス。それが訪れるまで、随分やきもきし、周囲と自分を比べて眠れないほど焦ったものだ。十代の愛読書、山田詠美「放課後の音符《キイノート》」の「待つ時間を楽しめない女に恋をする資格なんてない」というフレーズを何度も呪文のように唱えたものだけれど、やっぱり待つ時間はちっとも楽しめなくて、そんな自分にほとほと嫌気が差した。素晴らしい恋なんて出来なくてもいいから、誰か適当な相手が言い寄ってきて、この渇きと焦りをいやしてくれないものか、と思っていた。それは今も同じだ。夫との時間をもっと余裕を持って楽しめばいいのに。一生セックスレスだと決まったわけではない。二人の呼吸がぴたりと合い、季節が熟すのを、ゆったり待つこともできるのに。

ああ、いつもこうだ。今手に入らないものを焦がれるばかりの人生だ。

「俺、その、初子さんのことばっかり考えてるんです。好きなのかなって……」

「初美です」

急に肩の力が抜けていく。彼が初美をぎらぎらと見つめるのは、女性経験がなく、自由に遊ぶこともままならない環境で、偶然、しどけない姿を見てしまった上、いきなり部屋に入ってこられたからだ。自分に魅力があるからとか胸がときめいているから、という話ではない。

淳平くんの目は泣き出しそうな、懇願するような、それでいて図々しい濁った光を放っている。それ以上見続けていると、ふらふらと吸い寄せられてしまいそうで、初美は視線を逸らした。

「私、林檎をすってくる」

「あ、待ってよ」

慌てたような淳平くんの声に背中を向け、一目散に部屋を後にした。自分という人間は腰抜けの弱虫だとつくづく思う。夫のためというより、自分のためだった。保身のために、逃げたのだ。でも——。あの目やあの隆起をちゃんと脳に焼き付けておけば、この先、何度でも自分を慰められる気がする。もったいないから、死んでも忘れるまい。

食卓の籠に積まれた林檎をひとつ手にとる。台所でおろし金と皿、包丁を探した。調味料の入っている瓶にはそれぞれ手書きのラベルが貼られている。鍋ややかんは年代を感じさせる沈んだ銀色をしていた。老夫婦の豊かな暮らしが伝わってくる。

　林檎をすり終えるまでは、淳平くんにとってのエロスの女神さまでいさせてくれ、と祈るように思う。できる限り、ゆっくりと林檎の皮を剝く。くるくると螺旋《らせん》を描きながら、赤いリボンが下りてくる。鮮やかな赤がうねる様はまるで血管のようだ。淳平くんや芽衣子にあって自分にはない、貪欲な生きるエネルギー。正しいとか正しくないではなく、ただ身体が欲するがままに従うこと。

　おろし金の刃に林檎を擦りつけると、しゅわしゅわと泡を立てて姿を消していく。林檎の汁とすりおろしが皿にたまっていく。懐かしい香りが辺りに放たれた。風邪をひいた子供の頃、口を開けて待ってさえいれば、栄養になる何かが母親の手で運ばれた。冷たいスプーンが歯にぶつかるときのほんのりとした官能を思い出す。喉の奥にまで送り届けられた林檎のすりおろしは、みずみずしく冷たく甘く、身体に真っ直ぐに落ちていった。あの頃は与えられるのが当然だと思っていた。なんの感謝もなくすべてを受け入れてきた。欲求が叶えられるのはごく簡単だった。あんな風に身も心も丸く満たされる日は、もう二度と来ないのだろうか。

　今晩、夫が帰ったら、向かいの棟の男の子を看病したことを思わせぶりに告げよう。ちょっとだけでもいい。彼に嫉妬の色が見えたら、いつもの静かな夫の肌の下にどくどくと血が動く様子を発見できたら、とても幸せな気持ちになれるかもしれない。

「あらー！　ごめんなさい。初美さんいらしてたの？」

城山さんの慌てた声が玄関の方からきこえてくる。

柚子の火あそび

この個室、ちょっと暖房が効きすぎている。

初美は三十分前に新宿伊勢丹で入手したジャン＝ポール・エヴァンのショコラが溶けてしまうのを恐れ、手をかざして、天井に設置された暖房の羽根の向きを確かめた。温風が出来るだけ直接当たらない位置を考え、隣の椅子に置いた紙袋とコートとマフラーを手に、まだ相手の来ていない向かいの席にそそくさと移動する。なにしろ、このチョコレートを買うためだけに十五分以上も行列したのだ。小さな箱にたった六粒で三千円近くもする。「ＨＯＴ」と赤文字がデザインされた鏡のようになめらかなボンボンショコラには柚子味のキャラメルクリームが閉じ込められている。先週、展示会の差し入れでたまたま口にし、すっかり心を奪われてしまった。このチョコレートをきっかけに、柚子の香りにまでやみつきになり、契約農家で作られた無農薬の柚子をネットで大量購入したくらいだ。

年々ヒートアップする百貨店のバレンタイン商戦は、ある時期から男性をターゲットにすることをすっぱりやめたように見える。世界中から集められたよりすぐりのチョコレートは、異性の方を向いていると見せかけて、完全に女自身の満足と悦びのためだけに存在している。それは、血のように赤い口紅や足首に顔を近づけなければ見えないほどの華奢なアンクレット、輸入ものの透けるランジェリーなどの贅沢品によく似ているかもしれない。上質なカカオのコクと深い苦み、からみつくような甘さは身体の内に内にとわけ入って、心に到達するなりしびれるような高揚感をもたらしてくれる。自分で自分を満たすのにこれほどふさわしい菓子はない。明るいチョコレート売り場で瞳や唇をうるませ、頬を染める女たちを見ていると、なんだか建前で守られた壮大な性の宴のような気がしなくもない。そんなよこしまな想像をするのは、もう二年近くも夫とセックスをしていないせいだろうか。

初美はカシミアニットの上からスカートベルトの上に載った腹の肉をそっとつまんでみる。ブラジャーのワイヤーが食い込んでいて、普通に呼吸するだけでかすかに息苦しいほどだ。正月太りを解消できないまま、とうとう二月を迎えてしまった。アクセサリー制作で座りっぱなしの上、こう寒くては外出や運動をする気にもならない。さらに、展示会の前後は、関係者から高級な菓子をもらう機会が増える。ただでさえ、最近は甘い物が美味しくて仕方がないのだ。作業の合間につまむ和菓子やケーキは、初美にとって嗜好品以上の意味をもつ。舌の上にするすると心地良く溶けていく和三盆やガナッシュは、即座にエネルギーに変換され指の動きをなめらかにし、新しいアイデアを雨のように注いでくれる。もう体型などどうでもいい、という気持ちも強い。夫の前で裸で歩き回ることなど、なんでもなくなった。冬の脱衣所はマンションといえども寒く、風呂あがりは暖房のきいた居間で身体を拭き、パジャマを着るのが定番になっている。

「ごめん、渡辺さん。待ったかな？　あ、今は結婚してるから島村さんか」

「いいよお。渡辺で」

時間ぴったりにやってきた、大学の同級生、上田《うえだ》くんは個室のドアからのっぽの身体を縮こめるようにして顔を出した。途絶えていた居酒屋の喧噪が戸の隙間から溢れ出し、狭い個室にあの頃の空気が一瞬だけ蘇ってきた。大学時代、ゼミの飲み会はいつも駅にほど近い雑居ビル内のチェーン店で催された。上田くんの指定してきたこの店はまさに学生のセンスのままで、三十代が飲む店としては相当安っぽい部類に入るかもしれない。確か営業マンと聞いていたから意外だった。でも、こうして会うことがちゃんと決まったのもほんの数日前だし、金曜日ということもあり、店を吟味する時間などなかったのだろう。上田くんは先ほど初美が座っていた席に腰を下ろすなり、袋に目をくれた。

「その袋……。マッチのデザイン？」

初美は店員呼び出し用のベルを押し、メニューを引き寄せた。

「うん。今年のエヴァン、あ、ここのチョコレート屋さんのことね。このお店のバレンタインは『火遊び』がテーマなんだって。パッケージは全部、炎やマッチをモチーフにしているの。ショコラの素材も、柚子やジンジャー、ライムなんか、ちょっとぴりっとした温かくなるようなものを使っているのよ」

確か上田くんは飲料メーカーに就職したはずなので、こういう話題はのってくるだろうと思ったが、彼はただにこにこと微笑んでいるのみだ。大きな目が細まると、たくさんの皺が集まる。三十一歳となった「経済学部須田ゼミの王子様」を初美はやや意地悪く観察することにした。あの頃、女の子たちがハーフの男性モデルの誰それに似ている、と噂していた、とがった顎に大きな瞳、すっとした鼻梁《びりよう》は今なお健在だ。たった一つ残念なのは、生え際が大きく後退し、もともと色素の薄い柔らかそうな髪が後頭部をかすかに透かし始めていることだろうか。

「そうか。ご主人にバレンタインのプレゼントか。幸せなんだな」

背中がかゆくなる気がして、初美は曖昧に笑う。そう、彼はこういう人だった。周囲より呼吸がワンテンポ遅く、皆でつくりあげた空気を、やたらと前向きな使い古された言葉で乱暴にまとめてしまい、場を冷ます。嫌われているということはないが、ノリが微妙にズレている。王子様ともてはやされても、浮いた話がほとんどなかった原因はそこにあるのかもしれない。

「ううん。まっさか。自分にご褒美。こういう凝《こ》ったチョコレートの良さは男の人はわからないでしょ」

ほんの一瞬、彼の表情に非難がましいというか、とがめる色が浮かんだ気がして、初美はついつい挑むような早口になってしまう。

「もちろん、ちゃんとプレゼントはするよ。ええと、当日はシャンパンをつかったフォンダンショコラを焼くつもりだし。マフラーもあげようかな」

口からでまかせだったが、付け加えないと、すべてを見透かされる気がして怖かった。あと一週間で二月十四日だというのに、夫への贈り物についてなにも考えていなかったことに、今ようやく気付いた。去年はかなり前から計画して凝ったケーキを焼き、セーターをプレゼントしたというのに。夫婦仲が悪いわけでも、関心がなくなったわけでもない。ただ、夫は何をあげても同じくらい喜んでくれる。つまりは、今更何をあげても関係が盛り上がるわけではない、と最近悟ってしまっただけだ。

「へえ、いい奥さんなんだね。ご主人、幸せだね。とっても幸せな家庭なんだ」

全身が一瞬、ぞわりと粟だった。社交辞令であることも、なんの悪気もないこともわかっているのに、どういうわけか、席を蹴ってこの場を立ち去りたいほどの不愉快さを覚えた。そんな思いを打ち切るように、初美はやってきた女性店員にてきぱきと料理を注文する。

「じゃあ、えーっと、この特製柚子サワーっていうのください。上田くんはビール？あと玉子焼きとシーザーサラダと……」

店員が注文を復誦《ふくしょう》し、立ち去るのを待っていたかのように、上田くんはやや強引とも言える勢いで、話の流れをもとにもどした。

「昔からそうだったよね。渡辺さんて。バレンタインは張り切って彼氏にチョコレート手作りするような女の子だったもんね。一途っていうか、健気っていうか」

「え、そんなことしてたっけ？」

本当は覚えているけれど、恥ずかしさから初美はわざと忘れたふりをした。助教授に先輩の院生。恋人はいたけれど、自分から追いかけないと途切れてしまう苦しい関係ばかりだった。あの頃に戻れ、と言われたら、たとえあのすんなりしたスタイルと疲れない身体、つややかな肌と髪を取り戻せるとしても、絶対にＮＯと叫ぶつもりである。

「思い出すなー。バレンタインデーの朝、ゼミの女の子たちに作ってきたお菓子を見せて幸せそうに話してるのを見て、なんだかいいなあ、って微笑ましかったよ。見ているこっちまで幸せになる気がして」

幸せ、幸せ――。まただ。初美は我慢できなくなって、遮るように短く言った。

「そんなこと、ないよ」

待ってました、といわんばかりに上田くんが眼を丸くする。

「え、そんなこと言うなんて意外だな。渡辺さんが幸せじゃないなら、誰が幸せなんだよ。独身の僕からすると本当に羨ましいのに」

「いや、傍で見るほどいいもんじゃないわよ、夫婦って。あの頃だってそれほどいい恋愛していたわけじゃないし、今だって、まあ、上手くいっていないわけじゃないけど、結婚すると男女じゃなくて家族になっちゃうっていうか……」

こんなことを話すつもりではなかったのに。自分の胸にうずまく思いは、こんなありきたりな言葉で言い表される種類のものではないのに。なんだか、上田くんの設定した袋小路にたくみに誘導されたようで嫌な気がした。学生時代、目が合えば口をきいたが、進んで親しくなろうと思わなかったのはこの押しつけがましさが苦手だったせいか。

店員が柚子サワーとビールを運んできた。並べられた生の柚子と絞り器を見て、初美はいよいようんざりしてくる。なにが「特製」だ。どうやら、この店は果実を自分でしぼらないといけないらしい。はるか昔の合コンで、一部の女の子たちがかいがいしさをアピールできるアイテムとして重宝していたっけ。今や飲食店で金を払ってまで面倒なことは担当したくない。ともあれ、初美はおしぼりで手をふくと、半分に切った柚子を握りしめ、中心を絞り器の突起部分に合わせ、ざくりと深く下ろす。ぐりぐりと果実を回すと、さわやかなのにねじれた、独特の香りが個室を満たした。柚子の香りをかぐといつもほんの少し哀しくなるのは何故だろう。甘さの後、裏切るように押し寄せる苦みのせいだ。油断のならない奥行きのある香り。それにしても、この柚子はずいぶんとひからびている。我が家にあるたっぷりと大きく瑞々しいそれとは比べものにならない。

おまけに、種ばかりで果肉がほとんどない。ころころとこぼれ落ちた無数の種が、絞り器の縁にあふれ出す。かろうじてぽっちりとれた果汁をサワーに流し込むと、上田くんとようやく乾杯をし、水滴の浮かぶグラスに唇をつける。ほとんど味がしない。もうこんな飲み会は早いところ切り上げようと、初美は本題に入ることにした。

「そうそう、アクセサリーの依頼の件だけど、相手はその、彼女？」

「いや……」

「ふうん、じゃ、お世話になった仕事相手とか？　バレンタインに男性側から贈り物なんて素敵じゃない？　ねえ、予算はどれくらいで考えている？」

「うーん……」

上田くんは突然、口を重くした。先週の展示会に突然やってきて、再会を懐かしむまもなく、いきなりアクセサリー制作の依頼をしたい、バレンタインにどうしても間に合わせたいからなるべく早く二人きりで会えないか、と声をかけてきたのはそっちなのに。

「ねえ、どんなイメージの女性なのかな。詳しく聞かせてもらえないかな？」

初美は牛革のバケツ型バッグからアイデア用スケッチブックと色鉛筆を取り出し、てきぱきと広げて見せた。

「髪の長さは？　背は高い？　よく身につける色は？　ええと、雰囲気が似ている女優さんとか、読んでいる雑誌、好きな映画なんかもヒントになるんだけど……」

「渡辺さん……。あのごめん」

上田くんはまるで照れるように、薄く笑っている。蛍光灯の下で見る彼の白い肌はひどく乾燥して、粉をふいているのがわかった。

「実は仕事の依頼なんて嘘なんだ」

「えーっ」

失望と怒りで、初美は顔をしかめて、大声を上げた。料理を運んで来た店員が、面白そうに二人を見比べる。シーザーサラダに玉子焼き、衣のぶかぶかした揚げ物を睨み付けながら、初美はわざと大げさなため息をついた。この時間を作るために、スケジュールを組み直し、ピッチをあげて納品を進めてきたことを思い出すと、もはや殺意すら湧いてくる。こちらがよほど恐ろしい顔をしたのか、店員が去ると、上田くんはおびえと媚の入り交じった上目使いになった。

「どうしても、もう一度会いたかったんだ。二人だけで」

はいっ？　と、怪訝《けげん》そうに聞き返しながらも、胸がどくどくと鳴っていた。耳が熱く、膝の裏におかしな汗が滲むのがわかった。断じて、彼に惹かれているわけではない。それでも、二人きりの個室の空気が重たくなったのがわかる。これとよく似た場面をどこかで経験している――。そう、二年前の夏、同じく大学の同級生の羽生ちゃんとおかしな雰囲気になって、酔った勢いでキスをした時とまったく同じ。先ほどまで苛立ちさえ抱いていた男なのに、ちょっと気のあるそぶりをされただけで、身体は敏感に反応する。大学時代、いつか結婚したら一生夫に尽くそうと、ロマンチックに夢見ていた自分がここに居たら、顔を覆ってうずくまるような状況だ。なんて浅ましくて惨めな大人になったんだろう。

初美は怒りの矛先を夫に向ける。改めてセックスしてくれない彼への憤りが高まってくる。言葉に出さずとも態度や表情で伝わっていないはずがないのに。自分はもともと一途で浮気なんてしないタイプなのに。彼と一緒になったばかりにここまで堕ちてしまったのだ。

「渡辺さんはちっとも変わらないね」

「そんなことない。もうおばさんだよ」

「渡辺さんは魅力的だよ。そんな場所で満足していていい女性じゃないと思うよ」

上田くんは言葉を切ると、腰をずらして座り直し、舐めるように初美を見た。彼とどうこうなりたいというより、正直、もっともっと褒めて欲しくてたまらない。身体や顔や仕草をいやらしい言葉で褒めてもらって、ねっとりと性的な目で見つめて欲しい。すべてをくまなく記憶して、あとでオナニーしよう。身体中にむずがゆいようなざわめきがゆっくり広がっていく。

「でもさ、上に行きたいと思うには、気持ちが淀んでいちゃいけないよね。まず、胸に渦巻いているその暗い淀みを捨てないと。ネクストステージには到達できないよ」

「ネクスト……？」

面食らって聞き返すと、上田くんは殴りたくなるほど芝居がかった調子で、厳《おごそ》かにこう言った。

「僕は一度、渡辺さんに僕等の集まりに来て欲しいと思っているんだよ。変な集まりじゃないよ。シンガポールの大手企業も取り入れている自己啓発セミナーで……」

シーザーサラダにかかった白濁したドレッシングと乾いて変色したレタスが突然、不潔に見えた。体の火照りがさっと冷め、目の前の風景が冴え冴えとしてくる。

「ちょっとまって、そのセミナーなんて名前なの。上田くんて今、どんな仕事しているの？　飲料メーカーに就職したんじゃなかったっけ？」

初美の質問を遮るように、上田くんはやけのように眼を輝かせてこう言い放つ。

「僕、先週会った時、渡辺さんがすごく苦しんでいて満たされていないんだなって一目見てわかったよ。一番欲しいものが手に入ってない人の顔をしてるんだもの」

なんでこの男が苦手だったか、初美はようやく思い出した。一瞬でもときめいた自分が腹立たしく、勢いにまかせてグラスをあおる。やっぱり柚子の香りも味もなく、初美はうらぶれた気持ちで、一口飲んでグラスを置く。いつまでも黙り込んでいる初美に、上田くんは渡辺さん？　とわざとらしく呼びかけ、腰を上げてまで顔を覗き込もうとする。心は決まった。初美はすっくと立ち上がる。

「あの、私、その、外で電話かけてくる。仕事の用事を思い出しちゃって。すぐ戻るから」

マフラーとコート、バッグをひっつかむと、上田くんの顔を見ないようにして、個室のドアに手を掛けた。一目散に出口に向かい踊り場に飛び出す。エレベーターが来るのを待ちながら、携帯電話を取り出した。今なお交流があるゼミ仲間にして情報通の羽生ちゃんに電話をかける。数回の呼び出し音の後、彼の声がしたので、その場にうずくまりたいほど安堵した。背後からは彼の勤め先である会計事務所らしきざわめきが聞こえてくる。

「あのさ、羽生ちゃん、今、話せる？　私、今、ゼミで一緒だった上田くんと一緒なんだけど」

「おおっとお！　ついに渡辺さんとこにも来たか。今すぐその場を離れろ！　上田……」

羽生ちゃんが刑事ドラマのような台詞を興奮気味に張り上げるが、店の入り口付近でテーブルを囲む大学生らしき男女の会話でかき消されてしまった。

――この柚子リキュールのお湯割りおいしい。この季節はやっぱり柚子で身体を温めなきゃね。

——柚子って身体を冷やすっていわれてるんじゃないっけ？

——いやいや、温めるんでしょ。でなきゃ、柚子のお風呂なんてないでしょう。ほら、柚子の味ってなんかちょっと口の中があたたかくなる気がするじゃない。

ほんと、どっちなんだろう——。羽生ちゃんが何かをしきりに叫んだが、気も散って、さっぱり聞き取れない。

「ごめん、聞こえないや。外に出る」

エレベーターと反対側にある、外階段へと続く鉄の重たい扉を押した。頭がきんと鳴り、涙が滲むほどの冷たい夜気だった。足の下にはサザンテラスのネオンがきらめき、すぐそばのドコモタワーの時計は十時半を示している。羽生ちゃんはこちらの様子におかまいなく、ずっとしゃべり続けているようだ。

「俺んとこにも、来たよ。二年前かな。あいつゼミ仲間を片っ端から勧誘してるんだよ。渡辺さんで最後じゃないかな。ワールドワイドソリューションとやらにさ」

「へえ、そんな名前……。それがさ、なかなかセミナーの名前出さなかったんだよ」

「それも、マニュアルのうちなんだろうなあ。今、会社のパソコンの前にいるんだけど、ワールドワイドソリューションって検索したら、なんてキーワードが出ると思う？　詐欺、被害、宗教、マルチ……」

羽生ちゃんはやけにテンションの高い調子ではしゃいでいる。

「上田ってイケメンだし、真面目なのになあ。ああいうタイプほど、ああいうセミナーでは放してもらえないんだよな。最後は幹部とかになっちゃうんだよな」

「他のみんなはとっくに知ってたってわけね。展示会に来たのもそれが目的か。にしても、なんで、私、羽生ちゃんより後回しなんだろ……」

「渡辺さん、自己啓発とか引っかからなそうだもん」

「なにそれ」

「なんかよくも悪くも渡辺さんて自己完結してるじゃん。あんまり人の話を聞かないし」

羽生ちゃんの調子に棘《とげ》はないが、胸がざらりとした。なにもかも上田くんのせいだと思うと、腹立たしさがいっそうこみあげてくる。

「そんなカリカリすんなよ。そりゃ、同級生にだまされかけてムカつくのはわかるけど、ああ見えて、上田も根っからの悪人じゃないんだから」

羽生ちゃんは何もわかっていない――。しかし、初美はまだ、この苛立ちの正体をうまく言葉に出来ないのだ。出来たとして、羽生ちゃんには打ち明けられそうにない。

「あいつも色々あったらしいよ。まあ、噂レベルだけど、結婚直前までいった彼女と上手くいかなくなったとか、会社の人間関係に悩んで、鬱っぽくなってやめちゃったとか。とにかく、今はそのまま逃げな。それで十分、こっちの意志は伝わるだろ」

お礼を言い、電話を切った。指先がかじかみ、肌から水分が奪われて冷え切っている。再び鉄扉を押すと、居酒屋の喧噪と温かさにほっとした。エレベーターに向かおうとして、初美は舌打ちしそうになる。

——チョコレート、忘れた。

このまま逃げてしまおうかと思っていたが、なにしろ六粒で三千円近くもするのだ。しぶしぶと個室に戻ると、上田くんが笑顔でぱっと振り向いた。

「戻ってくると思ったよ。やっぱり君、救いが必要なんだよ」

初美はわざと大げさにため息をついた。蓄積した怒りが堰《せき》を切ったようにあふれ出す。

「違う。チョコレートを忘れたからよ」

チョコレートの袋をつかみ、立ったまま彼を見下ろすと、上田くんは神妙な顔を向けた。テーブルの上でうっとうしいほどゆっくりと両手を組む。

「違う。渡辺さんが戻ってきたのはファイナルステージからの啓示だよ。それは、僕等のセミナーに言わせれば、パーソナルメッセージってもので……」

「ああっ、うんざりする。今そこにあるものから目を逸らすなっつうの！　座りのよい言葉でなかったことにしないで！」

我慢できなくなって初美はわめく。案の定、上田くんはびくともしない。哀れむような笑みを貼り付けて、こちらを見つめている。

「そんな風に攻撃することでしか人とつながれないなんて、君、やっぱり不幸なんだな。満たされていないいんだな。幸せじゃないいんだな」

「なんなのよ。あんたの言う、幸せってなんなのよ。個人個人によって違うものじゃない。勝手にルールを細かくつくって、そこからこぼれた人種を見下すのはやめてよ。そうやって、勝った気になってるのかもしれないけど、結果、自分で自分の首をしめてるだけじゃないの」

なんとしてでも、この男が必死で隠している感情をえぐりだしてやりたい。チョコレートの包装紙にプリントされた炎がそのまま初美に乗り移った。先ほどの大学生のやりとりをふと思い出す。初美はおもむろに、上田くんの肩をつかむと、無理矢理、彼の膝の上に自分の腰をねじ込んだ。彼が身体を強ばらせたのがわかる。上田くんの膝に座ったまま、テーブルに手を伸ばし、柚子をつかむと大きく齧《かじ》った。顔をしかめたくなるほど苦い。種が口の中に飛び込んでくる。上田くんの首に手をかけて、耳に息を吹きかける。

「ねえ、柚子って身体を冷やすのかな。温めるのかな」

「えっ……」

彼の唇は乾いて、ひびわれていた。初美は思いきり吸い付いた。上田くんが口を頑なに結んだままなので、初美の唇からこぼれた種はぽろぽろと二人の膝に墜ちていく。ようやく顔を離すと、彼は眉をひそめ泣きそうな顔でうめいた。

「冷たい」

「上田くん、キスもセックスもずっとしてないんでしょ。わかるわよ。肌と言葉の調子で。私も同じようなもんだから。あんたいっつも自分しか見ていないよね。会話が成立しないよね。誰ともつながってないもの。自分で勝手に騒いで完結して。昔もずっと見てたよね、私のこと。ずっと見てたくせに、手を出そうとしなかったよね」

そうだった。大学時代、彼はいつも初美を目で追っていた。たぶん、恋愛感情ではなく、性的なそれだったのだと思う。初美は、わずらわしくてならなかった。今のように、異性の視線をありがたく思うほど、飢えていなかったのだ。そもそも、誰と接していても、その空気にちゃんと参加しない彼が嫌だったのだ。相手なんて見ていない。城から決して出ない王子様。いつも無傷で、いつも綺麗な身体のままの彼が、疎《うと》ましかった。だから、必要以上に距離を置いて振るまい、友達に恋人の話をする時は、彼に聞こえるように声を張り上げた。傷だらけでも恥をかいても、血の通った人間関係を築ける自分を、そこからよく見ておけ、と言いたい気分だった。

「学生の頃はこれでも、まだ、ましだったんだ」

かさかさの唇が動いた。初美は先ほどから、できるだけ彼の目を見ないように、口許だけ凝視している。気を引き締めないと、絶対に同情に傾いてしまう。

「定期的に試験があって、季節が変われば学年が変わって、入学式があって、卒業式があって。目に見える形で、ちゃんとオーケーを出してもらえて、安心して先にすすめた……。でも、今は……」

「自分で自分にオーケーださなきゃいけないのって、しんどいよね。私も同じ」

これは断じて火遊びにはカウントされないのだ、と初美は自分に強く言い聞かせ、彼の膝から腰を上げる。かつての仲間に正気を取り戻させるためにした正しい行為なのだ。夫を裏切ってなどいないけれど一応、消毒のために飲みかけの柚子サワーを立ったまま飲み干す。

「でも、同情はしない。私、もういく」

チョコレートを手にしてもう一度マフラーを巻き直すと、ぼんやりと宙を見つめている上田くんを残して、個室を後にした。

＊

帰宅すると、夫は珍しく家に居た。

「おかえりー。お風呂わくところだよ」

お湯のふんわりと甘いにおいで玄関まで温かく潤っている。我が家の匂《にお》いだ。真冬、冷え切った部屋に一人で帰っていた独身時代を思い出したら、あまりの安らぎにかえって恐ろしくなった。温かそうなクルーネックのニットを着た夫がにこにこと玄関まで出迎えてくれた。

「はちゅ、今夜は柚子湯にしようか。はちゅの大量注文した柚子使おうよ。冷えただろ」

リロロリロロというオルゴール音の後、女性の澄んだ声のアナウンスが流れてくる。

『お風呂がわきました。給湯栓をしめてください』

幼い頃、寒い季節に熱いお湯につかると、何故か悲しく不安な妄想にとらわれてしまい、わっと泣き出したくなったものだ。いつも大好きなお風呂の時間が冬だけは嫌いだったことを思い出す。こんな気分のまま、一人で湯船になんかつかりたくない。

「手が冷たいよ。ほら」

夫の温かく乾いた手が初美のそれを包み込む。いまだ、と思った。初美はブーツをはいたまま、玄関の冷たいたたきにしゃがみ込むと、夫のベルトに手をかけ、デニムのジッパーを勢いよく下ろした。トランクスから性器をつかみとる。夫の匂いが凝縮され、鼻の奥がつんとする。

「はちゅ、何するの。どうしたの。もしかして、酔っている……。汚いよ。あのせめて、お風呂に先に入ろう」

うなじの辺りに落ちてくる夫の声は完全におびえている。

『お風呂がわきました。給湯栓をしめてください』

女の声がしつこく繰り返す。その有無を言わさない超然とした調子がしゃくにさわり、初美はいっそうここを動きたくなくなる。

「ほら、お風呂に入ろう。はちゅ。ね」

夫の声はまるで子供をなだめすかすかのように、優しく思いやりに溢れている。性的なニュアンスはどこにもない。声に限らず、この家のどこにも性的なニュアンスがない。三十五年のローンを組んだ、一生を過ごすかけがえのない場所なのに、ここには性の香りがまったくない。それこそが初美がもっとも欲しているものかもしれないのに。タンスの奥のずっと使っていないコンドームを思ったら、ふと泣きたくなった。

さきほど上田くんの唇と重なった場所が、なんの躊躇もなく愛する男の股間に吸い付いていく。もう長いこと、この場所に口をつけていない。記憶の中にあるものより、皺が多くてびっくりするほど貧弱だ。舌から水気が奪われるほどざらざらしていて、温かくも冷たくもない。命はまったく感じられない。人の肌って触れられないと潤いを忘れるものだな、とあらためて思った。もはや、後に引けない気持ちだけで、初美は夫に挑んでいく。なにかいやらしいことを考えねば、と最近気に入っているエロサイトで目にした、いくつかのシチュエーションを思い浮かべるが、濡れる気配はまったくない。こっちが興奮していないのだから、相手もきっと無理だろう、と冷静に予想する。改めて自分も夫も年をとったのだと思った。

「初美、今はそんな気持ちにはなれないんだよ。ちゃんと話せる時がきたら、話す」

初美はいよいよ焦ってくる。こんこんと泉のようにあふれる唾液の中で、所在なげに夫のそれはゆらゆらと泳いでいる。冷たいというよりは、もの静かな声が降ってくる。

「身体の機能がおかしいとかそういうんじゃないよ。はちゅのことは好きだよ」

初美はいっそう唇をすぼめ、激しく髪を振って頭を上下させた。頼む、頼む、と祈るような思いで頭を振っても、変化が訪れる気配はない。数分後、身体を離すことがたやすく予想されたが、今はまだあきらめたくなかった。

自分で完結して人とつながれない。常に独り相撲。それは初美もまったく同じだった。一方通行の思いを放ち、勝手に傷ついて、勝手に騒いで、勝手に立ち直る。結局のところ誰とも心を通わせていない点において、自分と上田くんは同じだった。行き場を失った欲望は、皮の中に閉じ込められた種のように硬く、そのまま古くなっていく。

「でも、初美、最近怖いよ。すごく険しい顔してる。無理矢理、押しつけられてもその……。そういう気持ちにはなれないんだよ……」

これじゃあ、自分がセミナー勧誘者みたいで、なんだか初美は泣き笑いしそうになる。とうとう、お互い触れようとしてこなかった夫婦の問題が言葉になって、可視化されて、二人の間に横たわった。上田くんの言うところのネクストステージに到達したのか、それともこれは終わりの始まりなのだろうか。今は考えたくない。考えるのが怖い。

初美がこんなにも強く願っているのに、口の中のそれはいつまでもしょんぼりとしおれたままだ。指先から柚子の甘いにおいがのぼりたち、喉の奥まで鋭く苦みを放つ。

ピオーネで眠れない

最後にここを訪れたのは二十六歳のときだった。独身で今より四キロ痩せていた。生まれ変わった東京駅を訪れるのは初めてだ。

蜜色の柔らかな光に満たされた吹き抜けのドームを見上げ、大聖堂のような迫力に初美はしばし圧倒された。すれ違うサラリーマンらは特に気に止める様子もなく、かつかつと足音を立てて、改札に吸い込まれていく。彼らにとっては通勤に使う駅なのだから当たり前なのだが、自分だけが取り残された気分だった。大半の人間にとっての一日の終わりが、今夜は自分にとって始まりなのだ。

予約した寝台特急列車、「サンライズ出雲」は夜二十二時きっかりにここを出発する。少し早く到着したので、巨大迷路のような駅構内を、こうしてうろうろと歩き回っていた。しばらく来ないうちに東京駅はすっかり様変わりした。土産物屋から立ち食い蕎麦に到るまで明るく洗練され、地下街は都心のデパート顔負けの人気店が軒を連ねている。洪水のような情報量と東西南北がわからなくなるダンジョンのような作りに半ば酔ってしまい、丸の内口を出ると、思わず大きく息を吐いた。歩道に出て、ライトで照らされた赤煉瓦の建物を見上げる。その反対側では大企業のビルディングが無数の窓にまぶしい灯りを点していた。ここがいつの時代でどこの国だか、忘れそうになる。頰をなでる夜風はお堀の緑と水を含んでいて、青臭くもったりと重かった。

駅のライトアップを見に行こう——。東京ステーションホテルに泊まろう——。

夫婦でたくさんの計画を巡らせながら眺めたのは、夫が編集長を務める女性誌の東京駅特集号だった。その一つとして実現しなかったことが蘇り、初美は改めて苦々しい気持ちを嚙みしめる。忙しい、を繰り返され、二人の時間がないがしろにされることに慣れっこになっていた。初美だってアクセサリーデザイナーとして少しずつ名が売れはじめている。決して暇ではないけれど、極力やりくりして夫との時間を優先しているのに。

突発的に三軒茶屋の自宅マンションを飛び出したのは、今から七時間前のことだ。

「しばらく留守にします。探さないで。初美」

いくらなんでも使い古された文面だと思い、すぐにA4コピー用紙を破り捨て、新しいものを出すと、極太のマジックインキを握り直して一息に殴り書く。

「あなたが相手にしてくれないから、よその誰かとセックスしてきます。探すなかれ。初美」

そろそろ出発の時間だ。初美は再び改札を抜けると、むっとするような人いきれを貫いて、九番ホームを目指した。オレンジ色の案内板は一見すると普通と変わらないけれど、よく見れば「寝台特急」と表記されている。地上ホームに出ると、体は再び初夏の夜風に包まれた。切符に記された数字に従い、十号車の前にたどり着いたところで、小豆色とクリーム色の先頭車両が線路に姿を現した。どこかたっぷりと豊かな味わいのある車体に大きな窓がいくつも連なっている。今晩、身体を預けるにふさわしい、頼もしい外観にほっとした。それにしても、寝台列車の旅とはなんとロマンチックな予感を含んでいるのだろう。もしかすると、突発的なアバンチュールに恵まれるかもしれない。夢みたいとわかっていても、初美はつい思い浮かべてしまう。列車内の狭い通路で、たくましい青年と肩が触れあう。目と目が合う。もし、予感を感じたら、そのままどちらかの個室で出雲につくまで愛し合ってもいい。夫以外の男に身体を任せることに、なんの躊躇もなくなっていた。誰も自分を責められまい。

家を飛び出たところで、行く当てはまったくなかった。一人で暮らす独身の女友達は多いが、夫婦喧嘩の内容を話さねばならないとなると、どうにも気が重くなる。家族はなおさらだ。どうせなら、奮発して都内の有名ホテルにでも泊まろうかと考えていたところ、偶然通りかかった「みどりの窓口」前で「女子会大人気のサンライズ出雲」というポスターの文句が目に飛び込んできたのだ。東京と島根を結ぶ寝台特別急行列車「サンライズ出雲」は気の置けない女同士の旅行にぴったり、と確かあの東京駅特集号でも紹介されていた気がする。寝台で明け方までパジャマパーティー、午前中には到着し、出雲大社で良縁を祈願する。そういえば、出雲大社は子宝にも御利益があるらしい。現実には出産以前の問題だが、いずれにせよ、参拝しておいて損はなかろう。とにかく今、列車に身を委ねて眠り、目覚めたら初めての土地に着いていて、何かしらの目的まで用意されている、というお膳立ては魅力的に思えた。今はうっかり気を抜くと、

——たかがセックスで生活の全部を捨てる覚悟はあるのか。

のど元まで鋭い問いが突きつけられて、うずくまってしまいそうなのだ。平日の上、比較的客の少ない窓口だったせいか、すんなりと当日券を入手した時は、錯覚とわかっていても気分は格段に軽やかになっていた。

列車のドアが開き、初美は足を踏み入れる。十号車は左右の壁にずらりとドアが並び、体を斜めにしなければ進めないほど、通路が狭い。すれ違う時、男性客と肩がぶつかった。指定したB寝台個室ソロのドアノブに手をかける。いきなり目の高さに位置するベッドが現れた。せま！　と初美は小さくつぶやき、目を丸くする。てっきり二畳くらいの、書き物机やシャワーのついた小部屋を思い浮かべていたのだ。これではただの寝床ではないか。個室、という言葉を真に受け、ろくに下調べもしなかった自分が悪い。たった二段の高い階段をよいしょと大股で昇り、ピンとシーツの張られた堅い寝床に座り込むと、それだけで空間は自分でいっぱいになる。ただ、丸みを帯びた曲面ガラスからは夜空と反対側のホームが手を伸ばせば触れられるほど近くに見えた。枕元にはいくつ

かのつまみがあり、アラームやライトなどが備えられている。備品はストライプの柄のガウン風の寝間着、コップ、ハンガー。てっきり歯ブラシや石けんもあるとばかり決めつけ、何一つ用意してこなかったことがつくづく悔やまれる。女性に人気のプランならバイブの一つもセットしとけよ、と舌打ちしかけて、初美は自分の荒《すさ》み方にぎょっとした。心を無にしてせっかくの旅に集中しよう。鉄道とは母性的な乗り物、忙しい現代女性が鉄道に身を委ねる時、母の胎内に回帰するような安らぎを得られる、と書いたのは確かコラムニストの酒井順子だった気がする。ふと、気になって恐る恐る携帯電話を取り出した。おそらく夫からのものである大量の着信、メール履歴は辿るまいとする。マナーモードに設定して、窓辺の小さなでっぱりの上に電話を伏せて置いた。

——疲れてるから、また今度。

昨晩、夫にベッドでやんわりはねのけられた瞬間、初美の中で何かが音を立てて弾けた。こちらに背を向け、親しい同僚へ向けて、いそいそとLINEを送っている夫を激しく揺さぶった。

——ピコピコ携帯いじるなっ！　今度っていつ？　ねえ、いつなのよ。

いつまで経っても口を開かない夫に、ついに爆発してしまった。

——セックスする気が毛頭ないなら、私が外で他の誰かと寝るのは許してよ！

突拍子もない提案とも彼に申し訳ないとも、もはや思わない。ずっとずっと頭の片隅にあった考えだった。これといった理由もないのに、二年以上セックスをしていない。子作りはこの際、どうでもいい。ひとまず、この四六時中もやのように絡みつく欲求を振り払ってしまいたかった。このままの生活が続くのであれば、相手はもう夫ではなくてもいっこうに構わない。我ながら調子っぱずれのバイオリンのような甲高い声が出た。

――このまま誰ともセックスしないで、年老いて死んでいくの？　こんな生活のために結婚したんじゃないわよ！　まだ三十二歳なのに……。なにが楽しくてこんな惨めな思いをしなきゃいけないのよ。

これだけは言うまいと思っていたことがどんどん身体から出ていく。自分が自分でなくなっていくような恐怖感とともに、心が解き放たれ、身が軽くなっていくのもわかる。

――身元がちゃんとしてて啓介さんのお眼鏡に適う相手ならいいでしょ？　あなたも納得する相手を一緒に探せばいいじゃん！

――そんな相手いるわけないだろ？　はちゅ、どうかしてるよ。

うんざりしたようなため息に、初美は激しく傷ついた。一瞬、上手く呼吸が出来なくなる。

――え、なにそれ、私が誰からも相手にされないって言いたいわけ？　ひどい侮辱だよ！　ネットあさればいくらだっているし、現に……。

この二年、何人の男に性的な誘いを投げられたと思っているのか、と初美は胸を張りかけた。しかし、よく考えてみれば、拒否されたり、単なるこちらの考え過ぎであったりと、あまり自慢できた話でもないのだった。初美が黙っているのを、夫は良い方向に解釈したらしい。

――今、編集部が大変な時なんだよ。わかるよね、はちゅなら。人がどんどん辞めていく。部数が落ちている。廃刊するんじゃないか、という噂もある。だから、踏ん張りどきなんだ。帰宅したらできるだけたくさん眠りたいし、休みの日はリフレッシュしたい。とてもじゃないけど、射精したい気分にはなれないんだ。

仕事の話にすり替えるなんて反則だ、と初美は唇を嚙みしめる。しかし、廃刊の噂は今初めて聞いた。そこそこ良い妻のふりをしていたけれど、夫の疲労やストレスに気付いていなかった。これではまるで、自分が悪者ではないか。被害者は彼で、自分は加害者。それを決定付ける切り札をこのタイミングで突きつけるなんて。パートナーにすることじゃない。後ろめたさから怒りに拍車がかかった。

――お願いだ。時間が欲しい。必ず、いつかちゃんと初美を満足させてみせるから。

そう言ってうなだれる夫を見て、かえってかかとで蹴り飛ばしてやりたい衝動に駆られる。これじゃあ、自分がよっぽど貪婪《どんらん》な肉欲の持ち主みたいではないか。

――今じゃなきゃ、なんの意味もないんだよっ。

夫は時間の力を過信している。そんなもの何も解決してくれないのだ。普段は夫の起床に合わせているが、今朝は彼が家を出るまでベッドでじっと息を殺していた。アクセサリーパーツを目の前にしても全くやる気は出てこない。あそこまで頼んで、恥を覚悟で飢えを打ち明けて、指一本触れてこないなんて。口惜しくて惨めで、もうこの家には居られない、と思った。

ごとり、と身体が上下に揺れる。ようやく、電車が動き出した様子だ。ゆっくりと速度が上がり、窓の外を丸の内のビル群が光の帯になって通り過ぎていく。一人きりで旅するのなんて、何年ぶりだろう。ぺたりと座りこんでいるため太ももと尻に、普段列車に揺られている時に感じる倍の振動が伝わってくる。

車内アナウンスが流れ、初美は耳をすませる。この列車内での過ごし方が丁寧に説明され、たちまち浮かない気持ちになった。どうやらB寝台のシャワーは共同で、カードを買わねばならない。期待していた駅弁の車内販売はもちろん食堂車もないらしい。先ほど、駅構内のカフェで小さなデニッシュを食べたのが最後の食事だ。このまま出雲市に到着する明朝九時五十八分まで何も食べられないなんて。一瞬、列車から飛び降りたくなったが、はっとして携帯電話に手を伸ばす。記憶を頼りに、「ピオーネ　駅弁」と打ち込み、検索をかけた。すぐにヒットした。岡山では有名な「イリエ」という弁当屋のホームページ。そう、そう、これだ——。初美は舌なめずりする。東京駅特集号の旅パートのグラビアを飾っていた、籐バスケットとギンガムチェッククロスが愛らしい

「岡山名産　ピオーネづくし赤頭巾ちゃんバスケット」。ピオーネと鶏の赤ワイン煮、キッシュ、ブリーチーズ、小瓶に入った葡萄ジュース、そして皮ごと食べられるのが売りの生のピオーネ。一度は食べてみたいものだ、と強く胸に焼き付けられていたのだ。少し迷ったが、表示された電話番号をクリックしてみることにした。果たしてどのようなシステムで車内に届けられるのかさっぱりわからないが。

——はい？

数回の呼び出し音の後に現れた、年配の女性のものであろう、迷惑そのもののつっけんどんな声に、間違い電話をかけたのではないかと戸惑った。目の端で東京タワーがきらめいている。

——ええと、「イリエ」さんですか？　あのピオーネ……。

言い終わるより早く、半ば悲鳴のような声で遮られた。

——予約は前日夜九時までって、ホームページに書いてありますよね？　もう閉店時刻ですよ。こっちは片付けに入ってるんです。本当にこういうお客さん多くて困りますねっ。じゃ、一人前でいいですね。明日、朝六時二十七分、絶対に岡山駅で降りて下さいよ。お釣りが出ないように必ず千円札を二枚、持っててくださいよ。千円札を二枚ですよ。絶対に遅れないで下さいよっ。私たちは列車の中には入れませんので。

——え、え、そんなに早く？

あまりの剣幕に、初美は注文取りやめとは口に出来ない。岡山駅に着く時刻も把握していなかったし、てっきり、列車の中までやってきて乗務員に預けてもらえるものとばかり思っていた。六時台に起きたことなど、フリーの仕事を始めてから一度もない。深夜に帰宅し十時に出社する夜型の夫に合わせ、起きるのは大抵八時過ぎだ。少女の頃から、低血圧で目覚めは悪い。いつも夫に揺り起こされ、二人同時にベッドを降り、夫がシャワーを浴びている間に朝食を用意するのが常だった。電話は一方的に切れた。

考えてみれば、レストランの予約も旅行も下調べはいつも夫の役目だった。せめて、六時十分には完全に目を覚まして、身支度を調えておかないと、あの声の主にドヤされる。何故気ままな旅が、ここまで緊張感を要することになってしまったのだろう。昨夜の口論でろくに寝ていないというのに。力なく視線を車窓に戻した瞬間、通り過ぎていくホームの駅名標に目が停まった。心臓がどくんと音を立てたのがわかった。

大井町――。変わっていない。谷底に位置するような仄暗さ、タイル貼りのホームから見える傾斜の緑、古い看板。できるだけ近寄らないよう、意識して遠ざけていた駅だった。二十五歳の夏を最後に、このホームを使ったことはたぶん一度もない。一年付き合った七歳年上の男が住んでいた町だ。初美が正社員として勤務していた代官山の雑貨店に出入りする営業だった。駅から徒歩十五分の彼のマンションに、初美は京浜東北線を使って熱心に通い詰め、料理を作り、セックスした。駅前のイトーヨーカドーは深夜まで営業していて、食材を調達するのに助かった。男は初美が泊まるのをとても嫌がり、終電になると別人のような冷徹さで部屋を追い出された。人気の少ない深夜のホームで、初美は色々なことを考えた。思えばあの日々の中で、自分は店を辞めてフリーのアクセサリーデザイナーを目指すことを決意したのだ。別れの夜、男からのプレゼントである、華奢ではかなげなペンダントをむしり取るようにしてホームのゴミ箱にぶちこんだっけ。似合わないコンサバファッションも控えめなデザインのアクセサリーも男の機嫌をうかがう態度も、もう二度と身につけるまいと心に決めた。自分を愛してくれる男は絶対にこの世界のどこかにいるはずだ、その日を信じて胸を張って生きよう、だから泣くまい、と歯を食いしばった。

たった今、ホームの端で泣きながら男をなじる若い女が横切った気がする。そんなやつ、やめちゃいなよ——。声に出さずとも自然と唇が動いてしまう。駅で終わるような恋は、大抵どちらかの一方通行の片想いなんだから。

ベッド脇のアラームを六時十分にセットした。ワンピースとジャケットを脱いで、下着を外し、寝間着を羽織って胸元を合わせる。それだけでふんわりと身体が浮き立つようになった。冷たい生地の中で裸の乳房がのびのびと泳ぐ。

照明を落とし横になり、布団を掛ける。暗くしたことで、通り過ぎていくネオンやすれ違う列車の灯りがかえって煌々《こうこう》とまぶしく感じられた。何故かブラインドを下ろす気にはなれず、そのまま見入ってしまう。一人で寝るのは久しぶりだった。夫は出張を出来るだけ入れなかったし、校了日であれ必ず明け方に帰宅した。寝るタイミングは違えど、二人は必ず並んで寝床についた。自分の背中の下に線路を感じる。鉄のレールと無数のじゃり、絶え間なく回転する車輪を皮膚と骨で感じる。自分がこの列車の部品の一つになったような気がした。これでは身を委ねて母性を感じるどころか、列車と一体化して、必死で東京から逃げているみたいだ。

独り身だったら、もっともっと渇きに鈍感でいられるのではないか。むしろ、身体のつながりよりも、異性のちょっとした優しい言葉や気遣いに胸が高鳴るのではないか。好きな相手と結婚しているからこそ、セックスできないのがこんなに辛く、苦しいのだと思う。電車が停まったらしい。最初の停車駅ということは、ここは横浜だった。窓の外に広々としたホームがいくつも連なっている。帰路につく勤め人で溢れる京浜東北線のホームが目に入り、初美はある光景を蘇らせる。

決まった相手のいない時期が一年近く続いていた冬だった。制作したブローチを、啓介が編集する雑誌に掲載してもらうことが決まり、喫茶店や出版社で打ち合わせを重ねた。彼の長く細い指、仕事への姿勢、こちらの話に聞き入る眼差し、温和に見えて突っ込みが上手いというか、ふわりとした口調で鋭い意見を言うところ。気付けば頭を離れなくなっていて、勇気を出してこちらからデートに誘った。横浜の美術館でお気に入りの写真家の個展を見た帰り、海の見えるカフェで四時間以上も話し込んだ。これまで初美が知っている男たちは、終電間際になるとそれとなくホテルへの宿泊やどちらかの部屋に行くことを匂わせる。啓介は違った。腕時計に目をやると、飛び上がるほど驚いていたっけ。そして突然初美の手を握ると、猛スピードで走り出したのだ。身体を重ねる準備は万端だったので失望し、そろそろこの片想いも見切りをつけるべきなのかも、と悲しくなったことを今も覚えている。しかし、息を切らせて飛び乗った終電の京浜東北線が川崎に到着し、初美一人が降りる瞬間、「また会おうね」と、彼は笑ったのだ。なんの邪気もない、弾けるような、次が必ずあることを確信させる笑顔。二人が身体を合わせたのは、それから半年以上先のことだった。あの夜、初美は重大な発見を得たのだ。そう——、身を起こし、遠ざかる横浜駅と伸びていく光に目をやった。あの時の自分は確かにこう思った。一分前のことのように思い出せる。

「もう、セックスなんてどうでもいい。心のつながりを大切にする彼が好きだ」

わざわざ性に淡白な男を選んだのは、紛れもない初美自身だったのだ。曲面ガラス越しの夜空に星が五月蝿《うるさ》いくらいまたたいている。ああ、夫のことばかり考えてしまう。再び横になり、ため息をついた。これじゃあ、まったく旅を楽しめない。ゆりかごのように列車に身を委ねるのが目的だったのに、ただ流されていくのが恐ろしくなってくる。色々なことをうやむやにしてしまいたくない。熱海、静岡——。まったく人の姿がない、見たこともないほど静まり返った深夜のホームへの停車が続く。初めて目にするものなのに、この寂寥感《せきりょうかん》を自分はよく知っている気がした。息苦しいのは、この横たわるしか術《すべ》のない、天袋のような空間のせいだけではなさそうだった。絶対に寝坊できないという緊張感も手伝って少しもリラックスできない。オナニーしようにも、「イリエ」の女性店員の険しい声が蘇る。夫は目覚めがとびきりいい。こんな時、彼が一緒にいたら、安心して深く眠れるのに。知らず知らずのうちに自分で自分の身体を抱きしめていた。ああ、ピオーネのせいで眠れなくなってしまった。

　水分をまったくとっていないのに、振動で下半身が刺激されたのか、尿意を感じて身を起こす。無精だとは思ったが、寝間着の上にジャケットを羽織り、寝台を降りた。ありがたいことにドアはテンキーで番号を入力し厳重にロック出来る仕組みになっている。とっさに指が選んだ四ケタの番号は、どういうわけか結婚記念日だった。我ながらうんざりしながら通路を歩き、椅子とテーブルのあるサロンめいた空間を抜けると、男女兼用の洗面所があった。用を足して再び外に出ると、まるで初美を待ち構えていたように、サロンでカップ酒をかたむけていた禿頭の中年男が立ち上がり、すいっと身を寄せてきた。

「おねえさん、一人旅」

「え、いえ、ええと」

男の視線が寝間着の胸元にじっとりと張り付いているのがわかる。

「おっぱい大きいね。谷間が丸見えだよ」

にやりと緩んだ口許から、安い焼酎の香りがぷんと匂った。全身が粟立ち、初美は慌てて背を向け、走り出す。通路で振り向くと、男は佇んでじっとこっちを見据えていた。まずい、部屋を覚えられた、と怯えつつ、もつれる指で個室のテンキーを押すとドアノブをひねる。寝台に転がり込むとロックし、鍵のかかっていることを何度も確認する。やっと寝台に横たわり、少女のように肩を抱いた。不快と恐怖でかすかに腿が痙攣《けいれん》している。あの男だったら、頼めば、いや、頼まなくても、確実にセックスしてくれるんだろう。考えただけで吐き気がする。

貨物列車のコンテナが車窓を流れていく。

セックスをしたくて仕方ないけれど、相手は誰でもいいというわけではない。改めて、それがよくわかった。身元がきちんとしていて、ある程度の清潔感は必要だ。それに加えて、会話のセンスや趣味の一致のようなものも欲しい。初美はシャワーもあきらめることにした。朝が来るまで外には出るまい、と固く決意する。建物が次第に低く、空が次第に明るくなっていく。早朝の巨大な大阪駅は、古代遺跡のような静かな迫力を漲《みなぎ》らせていた。

結局一睡も出来ないまま岡山駅に到着してしまった。のそりと起き上がり、寝間着の上に再びジャケットを羽織りスカーフで誤魔化すと、個室を出た。列車を降りると、山間の朝の空気の清涼さに、喉まで冷たくなってくる。十号車の前に、店のユニフォームとおぼしきブルゾンを羽織った五十代くらいの女が立っていた。初美を見るなり、つっけんどんに白い紙袋を突き出す。おそらく電話で応対してくれたあの人なのであろう。ありがとうございます、とつぶやき、慌てて財布を取り出した。

列車から降りた人々が先の車両に向かって目を輝かせて走って行くのを見て、初美は手を止め、首を傾げる。こちらの視線を察したのか女は言った。

「列車の切り離し作業よ」

「え、ここで列車を切り離すんですか？」

「そうですよ。七号車と八号車で切り離し。ここからはあっち側の車両は『サンライズ瀬戸』になるの」

彼女の言う通りだった。ややあって、ゆっくりと七号車から先が遠ざかっていく。小さな拍手が聞こえてくる。初美は「サンライズ瀬戸」から目が離せない。一晩中まんじりともせず、列車の振動を全身で感じていたせいか、自分の一部がもぎ取られていくような寂しさがあった。発車ベルでようやく我に帰った。女にお金を渡し、列車に飛び乗ろうとすると肩をつかまれた。

「ちょっと、あなた、なにこれ、五千円札じゃない」

「きっかり二千円出せって電話であれほどいったでしょ」

「あ、すみません」

　女は顔を歪め、くっきりと赤くなっている。

「ええっとお、すみません。お釣りいりません」

「ちょっと!!」

　振り切って紙袋を手にサンライズに飛び乗ると、背中を女の悲鳴が追いかけてくる。

　まだ別れたくない、と初美はからからの喉を鳴らす。心臓が音を立てている。離れ離れになりたくない。出雲と瀬戸。渡辺と島村。違う名字になりたくない。離れたら最後、毎日が忙しい三十代男女に復縁はあり得ない。西と南に背を向けて進み、どんどん距離を離していくこの列車みたいに。

　どちらか一人の問題だと思うから、こんなにも出口が見つからず、苦しかったのだ。初美だけのせいでも、啓介だけのせいでもない。これは二人の問題だった。初美と啓介が二人で向き合うべき問題だった。口に出して話し合った時点で、セックスはもう純粋な楽しみではなくなったのかもしれない。終電の京浜東北線でのときめき、初めての夜の涙が滲むような高揚感は、決して取り戻せない。だからといって、逃げ出すわけにもいかない。もう一人では眠りに就けない身体になってしまったのが、この寝台列車での時間ではっきりわかった。

胃がきゅうと音を立て、初美はようやくバスケットを開ける。見事な藍色のピオーネがまるで煙のような白い粉をまとっている。ジュースの瓶や鶏やキッシュの入ったプラケースが現れる。迷わず真っ先に光る大粒のピオーネを、ぷちりと茎から切り離す。皮ごと食べられる、とのうたい文句なので、そのまま口に放り込んだ。皮が弾け、顎の付け根が鳴るほどの甘いジュースが広がった。からっぽの胃に瑞々しい果肉が染み渡り、びりびりとしびれそうになる。光が身体全体に行き渡るようで、視界まで明るくなる。車窓から差し込む朝日がまぶしいと、ようやく気付く。一晩待ったかいがあったというものだ。キッシュ、煮物、チーズも無我夢中で頬張り、ジュースで流し込むとやっとひと心地がついた。思い出したように睡魔が襲ってくる。倒れ込むようにして横になると初美はぐっすりと眠りに落ちた。

ドアをノックする音で目が覚める。お客さん、もう終点ですよ、という車掌の声で初美は跳ね起きた。あたふたと荷物をまとめ、身仕舞いを調えると、列車の外へと飛び出す。まるでしびれを切らしたといわんばかりの早さで扉が閉まり、「サンライズ出雲」はあっさり去って行った。ちゃんとお別れさえ出来なかった……。ぼんやりとしたままその姿を見送った。車窓から楽しめたであろう、宍道湖《しんじ》も新緑の田園風景も見逃した。ホームを降り、改札で切符を出す。ヤマトタケルを模したパネルと真っ先に目があった。寝ぼけ眼をこすりながら駅員に出雲大社までの交通手段を問う。隣接する一畑《いちばた》電車を使うといいと言われた。ベンチの並ぶこぢんまりとした待合室で切符を求めると白髪の駅員が、ほぼ一時間に一度出るか出ないかの電車が丁度出発するところだと教えてくれた。二階ホームに駆け上がると、黄色と紺色の配色が愛くるしい、カステラを思わせる二両編成の古びた電車が、こちらを急かす様子もなくのんびりと待ち構えていた。アナウンスと大半の乗客の流れに従い、川跡《かわと》駅《せ》で降り、反対ホームで同じ電車に乗り換える。田園風景がゆるやかに流れる中、初美は勇気を出して、携帯電話を取り出した。

「はちゅ、今、どこにいるの」

ＬＩＮＥ画面に浮かんだ、夫のアイコンをしばらく見つめる。会話する元気はないが、のどかな電車に揺られながら文字を打つくらいなら、いいか、と思えてきた。

「遠いところ」

「もう他の誰かとしちゃった……？」

「真に受けすぎだよ。そんなわけないいじゃん」

「だって、はちゅは望めばどんな男とでも寝られる」

嘘だとわかっていても、その言葉はぐんぐんと乾いた胸に滲みていった。望めばどんな男とでも寝られる。でも、今は彼の隣にいる。彼にしか相手にされないからじゃない。妥協しているわけでもない。初美が自分の意志で啓介を選んだのだ。

「『サンライズ出雲』に乗って出雲大社に来ただけ。寝坊して、お弁当屋さんの女性にも、すごく叱られちゃった」

「出雲にいるんだ!!　安心した」

　はしゃいだ顔をしたうさぎのキャラクターのスタンプがぽんぽんと現れ、初美は苦笑する。女子高生のように流行り物には弱い男なのだ。でも、それこそが彼の才能の一部なのだろう。

「啓介さんの雑誌はすごいね。一回読んだだけなのに、隅々まで心に焼き付けられていた。記事にも写真にも愛がある証拠だね。今、出版は苦しい時代だけど、あなたなら、きっと大丈夫だよ。切り抜けられる」

「初美が他の男とするのだけは嫌！　初美を誰かに触られたくない。そんなこと考えたら、頭が変になる。昨日は眠れなかった。身勝手と思われるかもしれないけど、でも……」

　LINEはやっぱり会話が成立しにくい。お互いほとばしる感情を自分のペースでぶつけるから、かみ合わない言葉がいびつな鎖になって伸びていく。初美はほんのりと笑ってしまう。それでも、その不格好でごつごつした首飾りが、今の自分にはよく似合うと思った。一歩というには、歩幅がせますぎる。何も解決していない。このまま引き返しても、あの砂漠を思わせる日常に戻るだけ。しかし、今、初美は心から欲している。彼の隣で安心して、縮こまった身体を伸ばして眠ること。全ては、それから考えたい。

「帰りの交通手段と時間が決まったら、また連絡するね。今日中に帰る」

会話は自分から一方的に締めくくった。身体が上下に揺れる。電車がようやく終点にたどり着いたのだ。携帯電話を仕舞い、座席から立ち上がる。空気が澄んでいて、自然と深呼吸できた。こぢんまりした地上駅を抜けると、高い窓に鮮やかなステンドグラスがはめ込まれた、ヨーロッパの田舎の教会を思わせる待合室に出た。駅から出雲大社まで幅の広い通りが気持ちがよいくらいまっすぐに伸びている。空はからりと晴れ渡っていて、こんもりと濃い緑をたたえている山並みが頼もしかった。

帰りは時間短縮のために飛行機にしようかと思ったけど、列車にするのもいいかもしれない。ひと駅、ひと駅、過去にさかのぼったように、ひと駅、ひと駅、未来に帰っていくのだ。どんどん迫ってくる出雲大社の鳥居が、初美には何故かトンネルの出口に見えた。

桃の種はしゃぶるしかない

スーパーで籠に放り込む時に手が触れた場所が、たった十数時間で茶に変色し、くぼんでいる。

傷んでいると言っていいほどよく熟《う》れた桃だったので、指をすべらせるだけで皮はするすると剝がれていく。夏の終わり頃に出回る、朽《く》ちる寸前の安い桃が、一番おいしいと思う。淡黄色の濡れた果肉が、午前中とは思えないほど強い日差しを受け、ぬるりと輝いた。だらしない甘い香りが対面式のキッチンを飛び越え、夫の居るリビングへと放たれていく。初美はよく切れるフルーツナイフを手にとり、ガラスの器に向かって花びらの形になるようこころがけて果実をそいでいった。桃の柔肌から毛細血管のような色鮮やかな赤い繊維が現れ、ぞくりとする。なんだか人肉を切り分けている錯覚をおぼえ、子供の頃、理科室で見た人体模型を思い出した。

夫用に桃を盛りつけてテーブルに運ぶと、すぐに台所に引き返す。流しに顔を突き出して、いつものように桃の種をしゃぶった。種の周りにこびりついた果肉は酸味はあるけれどその分、力強い野生の味わいがする。顎が桃の汁でべたべたと濡れて、首まで伝う。夫を送り出したら、冷たいシャワーを浴び、もう一度寝るつもりなので、身体が汚れることに躊躇はない。

「前から注意しようと思ってたけど、それちょっとお行儀悪くないか？」

銀のフォークで桃をつつきながら、夫がふいに顔を上げた。咄嗟《とっさ》のことで種をくわえたまま、自分でもちょっと戸惑ってしまうような、ああ？　とガラの悪い声で聞き返してしまう。休日出勤のために、アイロンがかかったシャツを着た夫は、よそゆきの顔をしている。寝間着代わりの型くずれしたTシャツにぼさぼさ頭の自分とは別次元に居て、高い所から見下ろされている気がした。

「初美、マンゴーの種とか桃の種、必ずぺちゃぺちゃしゃぶるじゃん。小学生の男の子みたいだよ」

いつもの呼び名「はちゅー」が「初美」になっている。機嫌が悪い時の特徴だ。彼の背後では街路樹の蟬が、夏の断片をかき集めるように猛《たけ》り狂っている。

「でも、種のまわりにくっついた実って削げないし、もうしゃぶるしかないじゃない。小さい頃から、お母さんもこうやって始末していたんだもん」

「良い悪いじゃなくて、見ていてなんかこう荒《すさ》んだ気持ちになるんだよ」

「だって、もったいないじゃない」

そう言い返すなり、初美はよく出来た罠にまんまと引っかかったような嫌な気持ちになった。初美が日常に飲み込まれて女を捨てている、と夫は遠回しに糾弾するつもりなのだ。だから、初美を抱けない自分に非はないのだ、男としてしごくまっとうなのだ、と。

首筋に垂れた桃の汁が、Tシャツの緩みきった首回りに入り込み、ブラジャーをつけていないGカップの谷間をなぞっている。しずくは重さと皮膚のゆるみに耐えかねて年々釣り鐘の形に近づいていく乳房を半周して、腹を伝い、臍《へそ》に落ちた。桃の味のついた通り道は、夫がろくに触れない場所ばかりである。こうしている今も、初美の肌は誰の熱も感じないまま、どんどん艶もハリも失っていく。

「全部私が悪いってわけ?」

自らの震える声に、先ほどまでの穏やかな朝の風景には戻れないのだ、と初美は悟る。どっちみち、あんなやりとりをなかったことにするには無理があるのだ。

「昨夜の責任も全部私にあるっていいたいわけ?」

夫が目を伏せ、コーヒーカップで顔を隠した。あ、逃げた。初美は舌打ちをこらえる。

夏の初め、初美は夫婦の間ではタブーとなっていた、二年以上セックスしていない現状への不満と怒りを夫に突きつけ、家出をしてまで改善を促した。そして三ヶ月。体当たりの甲斐はあって、夫はあれから二回、おずおずとだが初美に触れてきた。パジャマの合わせ目から乳房を引っ張りだされ、優しく吸われた。性器と性器がぎこちなく触れ合うところまでは到達するのだが、どうしてもつながるところまで至らない。それでも、以前に比べれば格段の進歩で、初美はもうセックスレス終了という結論にしてしまっている。こうして少しずつ、望む形に近づいていけばそれでいい。十分な身体の満足も、目標である妊娠も当面は先送りだが、このかすかな前進だけで満足してもいいと思っていた。ところが。

——ごめん。僕さ、初美と家族になりすぎちゃっているんだと思う。

夫がごく安定した声音で唐突に言い、初美から身体を離したのは昨夜のことだ。二週間ぶりに彼の重みを感じ、足の間を探られた直後だった。暗闇の中の夫はまったく熱もよどみもない、平常運転の顔つきをしている。

——そうだよね、照れくさいよね。

——そうじゃなくて、なんかこう、兄妹でするみたいで抵抗があるんだ。もう僕にとって、初美の身体は日常の一部なんだもん。

夫はやけに甘えた口調で言い、初美の隣にごろりと横たわる。頭の後ろで手を組み、闇の中の天井を見上げる様はすねた子供のようだ。どちらかと言えば老成していて、議論になると先に折れてくれる夫らしくない。

正直なところを言えば、初美だってもう見慣れた夫の身体に欲情は出来ないのだ。先ほども、受け入れる準備を整えるべく頭はフル稼働だった。ネットで拾ったプロレス選手のたくましい上半身、男子校に赴任したたった一人の女教師として四六時中ねばついたいやらしい視線を浴びるブラウス姿の自分、最近応援している健康美が売りの十代のグラビアアイドルが業界人にめちゃくちゃに身体をもてあそばれている地獄絵、などあらゆる妄想を膨らませ、たった一人で感情を盛り上げていた。夫に抱かれることは、もはや手助けのあるオナニーに近いが、それは口にしないのが礼儀だろう。だから、すんなりギブアップした彼には憤るというより、あっけにとられてしまう。そんなに簡単にリングを降りてもいいものなんだっけ。そんなにあっさりと表に出していい類いの問題なんだっけ。

実際、夫の言葉は初美の心の一番柔らかい部分に突き刺さり、なおもぐりぐりと肉をえぐっている。明らかに傷ついている自分を認めたくなくて、わざとのんきに言った。

——あのう、じゃあ、私たち、どうすればいいのかなあ?

——そうだなあ。今度、僕からセクシーな下着をプレゼントしようかな。ネットでいろんなコスチュームとかおもちゃとか探そうか。僕も努力するから、ちょっとずつ刺激が出るようにお互い歩み寄ろうよ。そうだ、次の連休でどこか泊まらない? 環境を変えなきゃ、とてもそんな気分になれないでしょ。初美だって同じなんじゃないの。

夫はピクニックの計画でも立てるごとく、くるくると楽しげな口調で案をいくつか出した。目を閉じる時、彼は愛情にみちたやり方でこちらの手を柔らかく握りしめたけれど、初美はなかなか眠れなかった。今朝になって急に険悪な空気になったのは、夫だってやっぱり引っかかっているからに違いない。

「そんなこといってないだろう。だいたいあれを失敗みたいに言わないで欲しい。お互い意見を交わせたいい機会だったじゃないか」

あのじわじわと奈落に突き落とされるようなやりとりがいい機会？　こいつはどこまでおめでたいのか。初美は固くしぼった台ふきんを流しに叩き付けた。目頭がわっと熱い。

「私は桃の美味しいところをあなたにまず最初に切り分けているのに、自分は種で我慢しているのに、いつもなんだってあなたを優先しているのに、できるだけくつろげるように心を砕いているのに、ぬかみそくさい女房だって責めるんだ⁉　家族になりすぎて、女を感じることができないとか言われちゃうんだ。ひどいよ。ひどすぎるよ！」

甲高い声でわめきつつも我ながら、嘘くさいし、無理があると冷静に思った。だいたい、ぬかみそなんて漬けたこともない。義母の漬け物の美味しさに感動し、一度だけぬか床をもらってかき回したこともあったけれど、すぐに腐らせた。常に夫を第一に考えているわけでもない。桃の甘い部分を切り分けたあと種をしゃぶるのは、子供の頃からの単なるくせだ。

「はちゅ、そういうこと言ってるんじゃないよ……」

「だから、子供も欲しくないんでしょ。もう、いいよ。啓介さん、センシティブだもんね。お腹がどんどん大きくなっていく私を見たら、女に見えないどころじゃなくなるだろうしね。怖がって近寄らなくなるもんね。モンスターにしか見えないだろうね。あは、モンスターワイフだ。いいよね、男は。なんのリミットもないもん。ご立派な感性ふりかざして生きていけるんだからさあ、ああ、王子様、おいたわしや……」

コーヒーカップがどしんとテーブルに打ち付けられ、初美は溢れ出る言葉をせき止めた。

「うるさい！」

怒鳴られた――。いつも穏やかにものを言う夫が、目を見開き、狭い額に象形文字のような複雑な形のしわを寄せ、低いうなり声を上げている。ショックと恐怖で、初美は射すくめられた。たちまちばつが悪そうに夫は背中を丸めてつぶやいた。

「朝から喧嘩するのはやめようよ。一日が台無しになるだろ」

その一言で、八月最後の土曜日が台無しになったことが決定し、初美の頭に身体中の血がゆるゆると集まっていく。

絶対に悪くない、謝るべきではない、と思う一方で、もしかして非は自分にあるのではないか、淡白なりになんとか初美を満足させようと歩み寄る夫を、ただでさえ編集長を務める雑誌の売り上げが激減し、疲弊している彼を、心身ともに鞭《むち》打っているのではないかという予感も広がっていく。この家の中には夫婦二人きりでジャッジはいない。当たり前だが、どちらかの肩を持ってくれる「誰か」はいない。夫も初美もこんなにも不機嫌でやけのように押し黙っているのは、もしかすると自分が悪いのでは、という予感を打ち消すためなのだ。わかっているのに屈辱感で息が詰まり、感情がどこにも向いてくれない。テレビCMの若奥さんみたいに下手なジョークを飛ばし、完璧なナチュラルメイクと清楚なワンピース姿で夫の気をまぎらわせられればどんなにいいか。あんなものファンタジーだと鼻で笑ってしまうけれど、やって出来ないことはないのだ。本当の初美は感情の切り替えがうまく、煮詰まらない性格なのに。さほどアクセサリーの仕事が忙しい時期でもないのに、ここまで優しくなれないのはやはり飢えているからだろうか。

「ねえ、そんな風に怒らないで……」

しぶしぶ涙まじりの声を上げても、夫は仏頂面で桃をつついている。ああ、この神経質そうな男は一体どこの誰なんだろう。なんで自分が機嫌をとらねばならないんだろう。

初美は流しにへばりついた桃の皮をかき集めると、べたついた手で、三角コーナーに叩き付けた。

*

人の気配を感じて顔を上げると、向かいの棟の部屋に住む老夫婦の孫息子が立っていた。

あっけらかんとした大きな口が上下にぱくぱくと動いている。イヤホンを外すと、「何見てんのかと思えば、この間のMTVビデオミュージックアワードの、マイリー・サイラスのお下劣ダンスじゃないですか」

淳平くんは笑いながら言い、ベンチに座る初美を見下ろし、こちらの携帯電話の端末に表示されたYouTube画面を覗き込む。ここ数日、ネットを中心に批判を浴びている米アイドルの過激なパフォーマンス。裸と見間違いそうな肌色の水着を身につけた若い女が、男性歌手の股間に腰をすりつけ、真っ赤な唇から歯茎をむきだしにして、げらげら笑っている。淳平くんはいかにも人懐っこく隣に腰掛けていた。会えば言葉を交わす程度の仲ではあるけれど、突然の接近に初美は戸惑いを隠せない。

「なんというか、変わっちゃいましたよね。マイリーって昔は素朴な清純派だったのに」

「でも、私、ちょっとわかる……。ずっといい子のアイドルやってたんだから、抑圧の反動なんじゃないのかなあ」

理解に溢れた発言をしつつ、世界中の冷たい視線を浴びて半裸で腰を振り立てる若い娘に目を落とす。様々な言語による罵詈雑言《ばりぞうごん》のコメント欄をたどるたびに、心が広くなっていくようだ。最近は有名人のゴシップをあさってばかりいる。特に、奔放な異性関係や過激な言動で激しく糾弾されている同性芸能人を見るとなにやらほっとして、満たされてはいないけれど確実に安全地帯に立つ自分に自信が持てるのだ。

夫が出かけた後ソファで一眠りしたが、一向に気分は晴れなかった。掃除をしていてもアクセサリーを作っていても、家中につんけんした空気が立ち込めているようで集中力が続かない。気分転換するべく、携帯電話と財布、ラップにくるんだ混ぜご飯とペットボトルを雑誌付録のトートバッグに放り込み、マンションの中庭へとやってきた。夏も終わりに近いのに、じっとしているだけで汗の滲む気温である。それでも、青空と木漏れ日のコントラストが幾分、気持ちを上向きにしてくれた。

いつの間にか、淳平くんはマイリー・サイラスから初美へと目を向けている。胸や横顔に注がれる強い視線がくすぐったく、初美は振り払うような乾いた口調になった。

「今日も予備校だったの？　大変だね」

「そうっすよ。もう来年失敗は許されないから必死です。初美さんのせいで、二浪しちゃったようなもんですよ」

淳平くんは、ははははと声に出して笑ってみせたが、初美と目が合うなり、唇を引き締めた。笑い話にして欲しくない。昨年の夏、ふとしたきっかけで淳平くんにあられもない姿を覗かれていたと知った時は、腹立たしいというより、むしろ誇らしかったのだ。お礼を込めて、自分のための混ぜご飯をわざとぶっきらぼうに差し出した。

「おにぎり。食べる？」

淳平くんはなんの躊躇もなくラップをはがして一口かじるなり、うまい、なんだろうこの味、と目を輝かせた。

「梅干しとチーズとおかか。梅を入れると、夏はお米がいたまないから」

「なんか、外で食べるおにぎりって海っぽいですよねえ」

そういうと、かすかな風を嗅ぎ取るように淳平くんは目を細めた。すっきりとした鼻梁とまことに格好のよい小さな後頭部。もたつきのない顎から首にかけてのラインに見とれてしまいそうだ。腹は少しも出ていない。肌のなめらかなことといったらどうだろう。

「わかるよ。海なんて今年はいってないけど。いや、去年もだけど」

「いきてえなあ。海」

「このまま、どこか遠いところにいきたいなあ、なーんてね」

あらゆる場所で使い古された台詞に我ながら恥じ入り、短パンから伸びる自分の脚に目を落とす。太ももがぶよぶよとたるんでいる。膝の黒ずみが気になる。ふくらはぎの肉割れがどうしても消えない。

「遠いところは無理だけど、今日にこたまの花火なんですよ。一緒に行きませんか？」

さらりと彼が口にした言葉は、初美の気持ちを唐突にすくい上げ、空高く放り投げた。これだ。ずっと忘れていた夏の夕方の魔法。ささやかな思いつきが大冒険に発展したり、今までなんとも思っていなかった相手が王子様に変わる、あの甘酸っぱい興奮状態。そう、すっかり忘れていたが、今日は多摩川の花火大会なのだった。ここ三軒茶屋から田園都市線でたった数駅先なのだし、行ってみようという気になった。ぐずぐずしていても、始まらない。夫に対して後ろめたさはなかった。先ほどまでの鬱屈が嘘のように、はしゃいでいる自分がうれしかった。

地下鉄に滑り込むと、車内は同じく花火を目指す客で溢れていた。乗客に押され、初美は淳平君の固くて平らな胸板に身体を押し付ける格好になった。乳房がつぶれ、横に広がる。斜め上から熱い息がかかり、後れ毛が震えた。淳平くんの心臓音が初美にじわじわと染みていく。久しく感じたことのない異性の熱に半ば酔ったようになった。暗いトンネルを走っていた電車が地上に出、夕空が広がった時はほっとしたほどである。花火客で溢れる二子玉川のホームに吐き出されるなり、

「みんな、元気だなあ。浴衣とかゆるふわワンピースの子、すごい多いね。おばさんか

なわないなあ。見て、あのいい加減な着付け」

わざと蓮っ葉に言い放った。すれ違ったカップルの女の方にちらりと目をくれる。綿飴のような色合いの浴衣姿に茶髪をごてごてともり立てていて、正直、色っぽいとは言いがたい。おまけに早くも着崩れ、生地は汗で身体に張り付き、髪は鳥の巣だ。それでも傍《かたわ》らの男はなかば保護者然とした面持ちで、よろよろ歩く女の子の手を力強く引いている。この猛暑に浴衣を着て、化粧をし、髪を結い、満員電車に揺られ、混雑する土手を恋人にしがみつくようにして、ひたすら草履で歩く。昔は自分だって、ごく普通に出来ていたことだったのに、今ではもう正気の沙汰とは思えない。

「え、可愛くないですか、浴衣女子。頑張ってていいじゃないですか」

と淳平くんが怪訝そうに言い、短パンに大きめのTシャツという部屋着のままの初美をあきれたように一瞥《いちべつ》した。

二子玉川の名物とも言える某ママ雑誌の看板広告が初美たちを超然と見下ろしている。『妻でも母でも女です。一生ときめきたい！　そんなわがまま叶えます！』。なんだってそんなに何もかも欲しがるんだ、と初美はひどくやさぐれた気分になる。改札を出ると、スピーカーを手にした警備員が余裕のない表情で注意を促している。まだ四時前だというのに、人混みでまったく先が見えない。川の方向に向かってのろのろと進む、道いっぱいの行列に初美と淳平くんは加わった。

空が桃色から紫色へとグラデーションを変えていく。人混みでなまぬるくなった空気に青臭い夏の夕方の香りと川のにおいがとけていくうち、二十四歳の夏を唐突に思い出していた。

隅田川の花火大会だった。誰もが夜空に気を取られているのをいいことに、土手の仮設トイレ裏で浴衣をまくり上げ、当時の恋人に花火のタイミングに合わせてどんどんと後ろから突かれた。吐き気のこみ上げる臭気も手の汚れも暗闇に光る目も、気になることはたくさんあったが、尾てい骨から頭の裏にかけての見えない導火線がじりじりと燃え、何回か爆発が起きた。そんなことを反芻《はんすう》するうち、花火を見る前なのにもう満腹になってしまう。

「なんか疲れたかも。もう」

ようやく信号を渡り終え、土手によじ上る段階になって、つい声が出た。駅からほんの百メートル足らずなのに、すでに身体中が汗で濡れていて、息も絶え絶えだ。それでものろのろした行列は相変わらずの密度と速度で、どこに向かっているのかもよくわからない。まだ明るいのに反対側の土手はびっしりと小さな人の粒で埋め尽くされている。その光景だけで、早くも初美はぐったりしていた。

「なんかもう、ここで見るんでよくない？」

「ここで立ち止まっても、何も見えませんよ。なにおばさんみたいなこと言ってるんですか」

思いがけないほど苛立った声が降ってきて、ぎくりとした。

「だって、こんなに混んでるとは思わなかったから」

「なんだよう……」

淳平くんは眉を下げ唇をとがらせた。昨夜の夫そっくりの、わがままな子供みたいな表情だ。そういえば城山さんが大のおばあちゃん子だと言っていたっけ。行列の人々は、立ち止まって揉める二人を迷惑そうに押しのけていく。こういうカップル、いるよな――。初美は他人事のように思う。駅構内や路地で、人目もはばからずに口論している男女。いやいや、三十二歳と二十歳ではカップルになど見えないだろう。

「さっきからぶうぶう文句ばっかじゃん。なんだよ。楽しくないのかよ」

「あー、ごめん。おこらないで。暑いから疲れる」

「俺はせっかく、楽しい思い出つくりたいだけなのに！　去年も今年もどこにも行けなかったんだよ？　それもこれも……」

跡形もなく夏の魔法が解けていくのがわかった。何かが始まるわけがない。同じマンションに住む子供と暇にまかせて土手に来た。それだけなのだ。

「なんかさあ、初美さんって若い男をからかって、退屈しのぎしてるだけなんじゃん？　そうやって、わがままボディをぎゅっと押し付けても、どうせなんもやらせてくれないんでしょ――？」

口調はふざけているけれど、目が笑っていない。淳平くんの首筋に汗の玉が浮いていた。ああ、この余裕のなさこそ、若さなのだ。

「そういうつもりじゃないんですけど、いやな気にさせたら、ごめんなさいね」

言いながら、現状に改めて失望した。一日に二度も男に叱られている。そして、自分から機嫌を取りにいくような真似をしている。冷静に考えて、初美はそこまでひどい発言をしていない。こんなにくたびれた惨めな思いをしてまで、異性は必要なのだろうか。

「ごめん。今日は帰る。淳平くんなら、きっと、大学生になればちゃんとした彼女とここに来られるよ」

初美はもう外ではセックスできない身体だ。粘膜も気力も弱くなっている。屋外はもちろん、どこかのラブホテルでも無理だろう。初美はあの家でセックスしたい。夫としたいというよりも、あの自分のにおいの染み付いたベッドで安心して足を開きたい。家庭でするセックスでなければ、本当の意味で心はもう解き放たれない。

ふてくされている淳平くんを残して、人波に逆らうようにして、初美は駅を目指した。

＊

田園都市線ですぐに帰ろうと思ったのに、なぜか大井町線に乗ってしまった。

一人で自由が丘に降り立つのは何年ぶりだろう。独身の頃はよく、なんのあてもなくこの町に来て、雑貨店から雑貨店へと気ままに足を向けた。何を買うでもなく、雑貨やハーブティーを手に取り、気になった写真集をぱらぱらとめくった。よく考えてみれば、初美は今なお「おひとりさま」だった。組織に属しているわけでもなく、夫との性的なつながりは途絶え、子供はいない。かすかな不安と隣合わせのふわふわした自由時間は、あの頃とよく似た手触りだ。こんな風に夕方から夜へと移行する時刻が一番、切なくなったっけ。自由が丘デパートを抜け高架下に出ると、ふと吸い寄せられる看板があった。猫の額ほどのフロアが重なるペンシルビル四階のタイ料理専門店。独身時代はよく通い、手早く夕食を済ませていた。気づけばお腹は空いているし、歩き疲れてもいる。

狭く急な階段を上っていくと、あの懐かしい甘辛いにおいが強く漂った。いらっしゃいませ、とまだ学生らしきアルバイトの男がカウンターから顔を覗かせた。

「今なら、屋上のテラス席が空いてますよ。ご案内します」

ここより上があるなんて知らなかった。再び階段をのぼると、サンルーム風の空間が広がり、ガラス窓の向こうにはパラソルのついたテーブルが一つあった。どうやら、初美が占領できるらしい。テラスに出て腰を下ろすと、先ほどの土手の熱気と同じ国とは思えない、優しい風が頬を撫でる。ラミネートされたメニューを広げたら、ポラロイドによる上手とは言えない料理写真と手書きの説明があの頃を思い出させた。

「昔、よくここに来ていたんです。生春巻きがおいしくて」

「ああ……。俺、最近、バイトに入ったばかりで……。店長なら奥にいますよ。呼びましょうか？」

「いいの、いいの。そう、夫が辛いもの嫌いだから、自然とこなくなったのよね」

バイト相手に独り言のようにつぶやき、淳平くんの指摘したように我ながらおばさんぽい、と思った。

辛くて甘くて酸っぱい、タイ料理は独身の味だった。パッタイにトムヤムクン、生春巻き、瓶ビールを頼んで、自由が丘の町を覆う低いビル群を見下ろした。三つ先の建物の屋上にある室外機に貯水タンク、非常階段で煙草を吸う従業員を目で追ううち、遠くの空にブローチのような赤と緑の光が見え、すぐに消えた。初美は目を疑う。世田谷側と川崎側の二ヶ所で、時間差で花火が交互に上がっているではないか。

「うわあ、ここ、こんなによく花火が見えるんだ!!」

思わずそう言ったら、ビール瓶と生春巻きを運んできたアルバイトが、薄い闇の中で得意そうに歯を光らせた。

「そうなんです。ここからよく見えるんですよ。特等席なんです」

「自由が丘から、こんなによく見えるなら、わざわざ二子玉川に行くとか莫迦みたいね……」

混雑に耐え、人いきれに酔い、押しまくられながらも、食い入るように花火を見上げているだろう、たくさんの若い男女を思った。地べたに腰を下ろしてトイレの場所を気にしなくとも、涼しいテラスで花火は楽しめるのに。それでも、やっぱりどこかで彼らがうらやましい。初美は手酌でタイビールを飲み干して身体を涼しくすると、生春巻きにスイートチリソースをつけてかぶりついた。

花火を見た時、真っ先に思い浮かんだのは夫の顔だ。今朝のやりとりをまったく許せないのに、この景色を彼に見せたい、と思った。好きとか嫌いではなく、もう条件反射だ。熟れた桃をそいだら、瑞々しい果実をごく自然に夫に差し出し、種は自分がしゃぶることと同じこと。まるで呼吸するように染み付いている。いいものはすべて彼と分け合わねば気が済まない。そこに萎《な》えるといわれたら、いったいこの先、どうやって一緒に生きていけばいいのだろう。わかっているのは、全部手にすることは無理ということだけだ。では、自分は心身ともに満たされることをあきらめるべきなのか。欲望をぶつけ合うような本物のセックスさえ求めなければ、中学生のじゃれあいレベルのふれあいで我慢すれば、楽しいことにだけ目を向けるようにすれば、だましだまし平穏に生きていけるのだから。

自分はそんなに欲張りなのか。淳平くんのいうような「よくばりボディ」なのか。あれ「わがままボディ」だっけ？

今夜、夫とは仲直りするだろう。おそらく初美の機嫌をとるつもりで彼が買ってくるコンビニのシュークリームと夕食の後のラブコメのＤＶＤですべてはうやむやだ。つまりは、飢えも寂しさもこのまま秋に持ち越される。そんなことを考えていたら、夜風に枯れ草の香ばしさが感じられた。ああ、今年もなにもないまま夏が終わる。あと何回こんな夏を繰り返すのだろう。

「お客さん、どうされたんですか」

花火があんまり綺麗で泣いているの。そんな風に媚びた声で言えたら、どんなにいいだろう。若くも美人でもないけれど、このアルバイトと恋が生まれる可能性はゼロではないのに。かつてはそんなことを、期待を込めた目で誰かを見上げ、言っていた気がする。

唐辛子、嚙んじゃって。もごもごとそうつぶやきなんとか笑顔を作ると、その夜一番大きな花火が涙でぼやけ、椿のかたちになって夜空に滲んだ。

柿に歯のあと

十一月末の夜とは思えないほどの鋭利な冷え込みだが、去年ほど着込まなくてもいい。今までの自分だったら肉襦袢《にくじゅばん》のようなダウンジャケットなしにはいられなかっただろうが、薄いツイードコートで十分だ。担当トレーナーの志摩《しま》さんの言うように基礎代謝が上がってきているせいだろうか。ミキモトのクリスマスツリーが見たくて銀座から日本橋まで歩いたため、全身に血が巡り足の指先までが温かい。最近は体型をより細く見せたいために黒ばかり着ている。自らデザインするアクセサリーも大ぶりのポップな色遣いから、ゴールドやシルバーを基調としたシンプルなものが必然的に多くなった。「なんだかすっかりシックになっちゃって、今までの初美さんぽくないですね」という展示会に訪れた同業者からの意見を、初美は褒め言葉として受け取ることにしている。

「うっわー。すっごい痩せたたな。一瞬、誰だかわからなかったよ」

地下のバーに足を踏み入れるなり大学時代の同級生・羽生ちゃんが目を輝かせ、はしゃいだ声を上げげた。やはりただの呑み仲間、いやセックスレスを分かち合う同志だとしても、連れの女の見栄えがよくなるのは男として嬉しいことなのだろうか。左右の肉をヘラでえぐったようなウエストや引き締まった二の腕、骨の凹凸が程よく浮かび出たデコルテに平らなお腹。この一ヶ月半というもの初美が鍛錬と忍耐で作り上げてきた、パーツのひとつひとつに賞賛のこもった視線が投げかけられる。もちろん悪い気はしないが、こういった評価には慣れてきているので、有頂天になったりしない。初美は余裕を持ってカウンターに坐る彼の隣に、細い腰をすべりこませる。

「一ヶ月半で八キロ痩せたの。クリスマスまでにあと二キロ痩せたいな」

「八キロ？　え、そんな痩せて。体大丈夫なのか？」

「栄養士の資格があるトレーナーをつけて食事管理からカウンセリングまでしっかりやってるもん。たんぱく質摂取と筋トレを重視した医学的にも正しいダイエットなんだよ」

若い女がちょっと夢中になってすぐにやめてしまう、不健康なその場限りの減量ではない。これまでいかに偏った食生活だったのかを知ることができ、それだけでも元が取れたと思っている。

「芸能人みたいだなあ。そういうジムって高いんじゃないの？」

初美はカクテルメニューに夢中になっているふりをして、言葉を濁した。なにしろ、夫が編集長を務める女性誌で存在を知った「二ヶ月で最高十キロ痩せさせる」が謳《うた》い文句の代々木上原にある高級スポーツジムである。あの時は、痩せるためならいくら払っても惜しくはないと、迷いなく定期預金を解約した。いくら羽生ちゃんが高給取りの公認会計士とはいえ入会金の額を知ったら、なにもそこまで、とあきれた顔をするだろう。自分の切羽詰まり具合が露呈するようで恥ずかしい。

「柿とアマレットのカクテルはいかがですか？」

白髪のバーテンダーが静かに声をかけた。彼との付き合いもかれこれ二年以上になる。旬のフルーツに目がない初美の嗜好を、よく把握しているのだ。

「そうですねえ、美味しそうですけど、今夜はウイスキーの水割りにしようかな」

かすかに残念そうな笑みを浮かべ、背後の戸棚に手を伸ばしたバーテンダーに聞こえないよう、羽生ちゃんの腕を引き寄せ耳元でささやいた。

「蒸留酒は糖質ゼロだからオッケー。だめよ、柿なんて。果物なんてもともと糖質の固まりなのに、柿は中でも一番糖度が高いんだから。トレーナーに叱られちゃう」

「へ、そうなの？　俺、果物ってすごくヘルシーでいくら食べても太らないいんだと思ってたよ。朝の果物は金、とかいうじゃない。知らなかったなあ」

一ヶ月半前の自分を見るようだ。果物の甘さは自然由来のものでビタミン豊富なのだから、と安心しきって、朝も夜もたっぷりと旬の果実を口にしていたあの頃の自分。初美はため息まじりに羽生ちゃんのぽてぽてともたつき始めた首のラインを見つめる。以前は中肉中背といった印象だったが、しばらく会わないうちに随分と余分な脂肪を重ねている。童顔がますます強調された。こんなジンジャーマンクッキーのようなシルエットの男にかつて肉体を投げ出そうとしたなんて、初美は自分が信じられなくなる。

カウンターの上のガラス皿には柿や林檎、巨峰がつやつやと光り、薄闇をほのかに照らし甘く香っていた。確かに柿の味は他の果物にはないふくよかさと奥行きがあるかもしれない。目を閉じてじっくり味わうと、焦がしたキャラメルのようなほろ苦さが感じられる。考えただけで口の中が潤うようで、初美はガラス皿から素早く目を逸らす。

果物の糖質とは、神様がイブを堕落させるべくひそませた毒の気がしてならない。イブが蛇にそそのかされ、摂取したのは知恵ではなく糖質だ。糖質の味を知ってしまったイブは、もうスリムな身体ではいられないし、さらなる美味を欲するようになる。甘ったるくだらしない肉をつけた貪欲なイブを、アダムはどんな目で見つめていたのか。

「果物だけじゃなく、麺もご飯もパンも糖質なの？　じゃあ、何食べればいいんだよ」

「糖質以外でも食べ物はいくらでもあるのよ。糖質っていうのはいわばドラッグなんだよ。食べなきゃ過ごせない時点で、その人は中毒症状に陥ってるの」

「極端だなー。にしても、クリスマスまでに痩せるって、ギャルみたいな発想だな。まさか綺麗になった自分を夫さんにプレゼント、とか考えているんじゃないだろうな。まあ、その身体ならやりまくれるだろ。セックスレス、いよいよ終了かあ」

あくまでも口調は軽いけれど、初美の上半身に向けられた羽生ちゃんの視線はもったりと重みを持ち、柔らかくとけかかっている。くるぞ、とかすかに身構えた。

「巨乳が減ったのは残念だな」

「だって、おっぱいに意味がないことがよくわかったもん。この三年近くにおよぶセックスレスで。大きさじゃない。形の方がはるかに重要。Cカップくらいで十分だって。特にうちの夫はスレンダーなのがタイプみたいなんだもん」

初美は商品の説明のように淡々といった。確かにサイズダウンはしたが胸筋を鍛えたせいで、顎を引いても二つの山はちゃんと正面にせり出し下腹部を見えなくしている。以前がぐずぐずと崩れ形を変える杏仁豆腐だとしたら、今はしっかりと形状を留めて張り出している固めの焼きプリンといったところだろうか。

「前のぽちゃっとしただらしない体型の渡辺さんもいいけど、このやる気に溢れたエロボディもどうしてなかなか……」

羽生ちゃんの手が柄タイツに包まれた太ももに伸びるのをそのままにしておく。ほどよく筋肉がついたせいで内側から跳ね返すようなその感触は、密かな自慢なのだ。罪悪感は不思議と湧かなかった。夫への後ろめたさがないのは、まだこのしなやかな身体が自分のもののようには到底思えないからだろう。最近の初美は動揺したり、悲しくなったりすることがほとんどない。頭にあるのは少しでも時間を見つけて身体を動かすことと糖質を避けることだ。

「もう酔ってるの？　こんなことしてたら、また妻さん、出ていっちゃうよ」

やんわり押し戻す自分に初美はやや驚いている。少しも気持ちが揺れない。身体の中心は凪《な》いでいるし、足の間はさっぱりと涼やかだ。好みであろうとなかろうと異性にねばっこく見つめられると、どうしようもなく反応してしまった、おろかなジュースで満ちあふれたあの柔らかな身体はどこに消えたのだろう。

「でも、あいつ、俺にもう興味ないしさ。どうやってもあの子との浮気は許してもらえないんだ。今年、まだ一回もしてないんだよな」

なんの変化もない羽生ちゃんの夫婦関係に、初美はもはや哀れみすら覚えている。

「今年はまだ一ヶ月以上あるわよ。あきらめないで頑張れば？」

「……ねえダメ？　今夜、あいつ夜勤なんだよ」

甘ったれた目つきでこちらを覗き込み、熱い指はずうずうしく太ももの付け根まで伸びている。唇から柿の香りがこぼれ、初美はそれだけで糖質を取り込んでしまう気がした。顔を思い切りしかめ、乱暴に手を払いのける。

「ダメに決まってるでしょ。ねえ、羽生ちゃんも身体鍛えたら？　太ってはいないけど、このへんとこのへんに筋肉がついたら、スーツも綺麗に着れるし、五歳は若く見える」

羽生ちゃんは男の性欲が引いていく時特有の、あのうっすらと傷ついた表情を浮かべた。

「努力すれば誰だって瘦せられるよ。夫婦になるとご無沙汰になるのって、お互いの身体を見慣れちゃうせいもあると思うな。くよくよしたり、よそ見している暇があったら、一回でもダンベル上げて引き締めよう！　お互いに」

ウイスキーの水割りが目の前に差し出され、初美は腹筋を意識して姿勢を正すと、グラスをすいっと口に運ぶ。心の通い合っている夫婦のセックスレスの不幸は、なんの行動も起こせなくなるという点だ。浮気をするには罪悪感がありすぎる、今のままでも十分幸せ、身体の問題はゆくゆく時間が解決してくれるだろう……。いくつもの希望的観測がいつしか檻《おり》を形作り、現状維持のまま何年も過ぎ、取り返しのつかない場所まで静かに運ばれていく。そうなる前におのれの欠落を認め、次の一歩を踏み出すことができたのは、我ながら勇敢だったと思う。減量という突破口を見つけ、それを成功に導きつつあるのだから。

ただ、一般に言われる、運動すると性欲が増すという説はどうやら自分には当てはまらないらしい。もはや初美の関心は夫の身体ではなく、同性のそれに移りつつあるのだ。トレーナーの志摩亜佐美《あさみ》のどこもかしこもシミひとつなく、無駄な肉の一切ついていない身体をあがめるように思い浮かべる。柿のように堅く引き締まったあの肌。同性を抱いてみたい抱かれてみたい、というのではない。ボディメイクを通じて、女性の身体の持つ複雑な美しさを再発見し、つくづく魅了されているのだ。

羽生ちゃんと日本橋駅で別れた後、さらに一駅歩くことにした。途中でサラリーマン風の男にしつこくナンパされ、初美は笑いながら走るようにして地下鉄の入り口に飛び込んだ。

＊

ベンチに寝そべっている分はるか遠くに感じられる打ちっぱなしの天井は、裸のパイプが這い回り殺伐とした印象だ。気分は脱獄に備えて密かに身体を鍛える囚人そのものである。時折、視界の片隅で自分の二本の足が不格好に宙を泳ぐ様子が飛び込んでくる。陸に上がったばかりの人魚姫とは、こんな感覚なのだろうか。普段はその重さを意識しないのにこうして浮かせるだけで、たちまち腹筋を鍛えるための重石となって初美を苦しめる。完全個室制のトレーニングでなければ、こんな無様な姿で足をばたつかせることなどできない。

「はい、下のお腹に力が付いてきたようですね。体幹がしっかりしてきた証拠です。バタ足腹筋はご自宅でも是非やってみて下さいね」

志摩さんの声を合図に初美は足をどさりと投げ出し、鉄パイプに掛けたタオルで汗を拭う。

体育大学を出たばかりという志摩さんは身長百五十㎝そこそこだが、素晴らしく均整のとれたバネの入ったような身体つきをしている。すべすべとした四角い額をむき出しにしたポニーテール、太く凜々しい眉、しっかりした顎、トレーナーの制服である半袖のポロシャツから伸びる力強くしなやかな二の腕。初美はその無駄がないのに健康的なラインに見蕩《みと》れてしまうのだ。アクセサリーや装飾品を一切必要としない、完璧な肉体。彫刻にして飾っておきたいような、整った骨格に最小限の脂肪が載った、優れた生命体。

「最近みんなに痩せたって言われるようになったんですよ。志摩さんのおかげですよ」

初美は首を流れる汗を拭いながら、上半身を起こす。壁一面に張り巡らした鏡には、いかにも褒めてもらいたくてたまらない、物欲しげな自分の顔が映っていた。

最初にこの個室に通された時の恐怖を初美は今でもはっきりと覚えている。拷問の道具かと思われるようなトレーニングマシンに囲まれ、たちまち逃げ帰りたい気持ちにさせられた。地べたではいつくばる汗だくの姿を若い女に蔑《さげす》むような目で見下ろされるのは、経験したことがない種類の屈辱だった。レッスンの帰り道、地下鉄の階段をのろのろと昇りながら筋肉痛と惨めさに涙が滲んだほどである。ぶっきらぼうな彼女がようやく初美を人間扱いしてくれるようになったのは、三キロの減量に成功したあたりからだろうか。体脂肪率がようやく二十パーセントになった時は、薄く形のいい唇にうっすらと笑みらしきものが浮かび、音は出さずとも拍手する真似までしてくれたのだ。こちらはとっかかりを求めて、トレーニングの合間に夫や友人の話、仕事や趣味まで調子に乗ってあらゆることをペラペラ話しているのだが、志摩さんは私生活を一切口にしない。てっきりここのジムの規則なのかと思っていたが、更衣室で耳にする限り、他の顧客は担当トレーナーと親密な関係を築いている様子だ。彼女は誰とも打ち解けないプロフェッショナルなのだ、と思うと、よりいっそう尊敬の念が湧いてくる。

「それでは立ち上がって、頭の後ろに手を組んで下さい。鏡を見ながらスクワット十回」

鏡に映るカエルのように股を広げた自分の浅ましい姿は、初美にねじれた快感をもたらす。こんなに足を大きく開くことなど今はこの場所以外ではありえない。股関節が伸び、肛門も性器もゆっくりと解放される。ずっと閉めっぱなしだった古い屋敷の戸板がぎしぎしと開け放たれ、滞《とどこお》った空気が清涼なものへと変わっていくようだ。正しいフォームのせいか、たった五回ですでに太ももの裏には稲妻が走り、身体全体が熱い。背中を玉の汗が転がる。ようやく十回目。辛くて仕方がないけれど、心と身体がつながっていることを強く実感できるこの瞬間が初美には愛おしい。

「体幹を意識してください。上半身が曲がっていたらなんの意味もないですよ。ももは床と平行に。はい、あと五回いきましょう」

いつの間にか回数が増えている。志摩さんのこんな意地悪で抜け目ないところが、初美は嫌いではない。一通りのトレーニングが終わると最後は生活指導でしめくくられる。日々の食事内容を逐一メールで報告しているため、ほんのわずかな逃げも今の初美には許されない。

「すみません。早めの忘年会で……。お鍋だから安心していたんですけれど、〆の雑炊をどうしても断れなくて。でも、ほんの一杯だけなんですよ」

「昨日は炭水化物をとっていましたよね。それも二十時過ぎに。どういうことですか」

志摩さんのシーツの裂け目のような瞳をおずおずと覗き込むが、はねつけられた。

「以後気を付けてください。とにかくたんぱく質を意識的にとるようにして下さい。糖質は体を使わずとも消化できますが、肉や魚は体中のあらゆる機能を総動員してようやく燃やし尽くせる。つまり、食べるだけで運動しているのと同じなんです。そうですね。ラストまであと二回。さらに脂肪を燃やすためにも、ご自宅でのエクササイズにダンスを取り入れてください」

「え、ダンスですか？」

「VIPSの新曲『ホワイトスノー、ミルキーラブ』ってご存知ですか？」

志摩さんのよく通る低い声は、人気アイドルグループ名とバニラが香るようなタイトルにまるでそぐわず、初美は目をしばたたかせる。彼女はにこりともせずに続けた。

「YouTubeで是非、ＰＶを見てみてください。ダンスバージョンですよ。真似しやすい動きで、腹筋と胸筋にきく効率的な動きなんです。あとでＵＲＬをメールで送っておきます。次回までに五百グラムは必ず落としてきてくださいね」

今の初美にとって志摩さんの指示は絶対だ。それがどんなばかばかしい踊りだとしても、華麗に舞ってみせると決意し、次回の予約を入れジムを後にした。代々木上原から自宅最寄りの三軒茶屋までは地下鉄ですぐなのだが、帰宅には時間がかかった。その日のプログラムが下半身のワークアウト中心だったせいで、太ももの激痛に耐えながら休み休み、階段を昇り下りしたためである。

マンションのロビーで、向かいに住む城山夫妻の孫、淳平くんとばったり顔を合わせてしまった。軽く会釈してやり過ごそうと思ったら、彼は目を輝かせ正面に回り込んできた。

「初美さん！　いやー、最近、どんどん綺麗になりますね！　痩せたなあ！」

夏に花火に行った時は、ずいぶんと粗暴な振る舞いを見せたくせに、淳平くんは別人のように眩しげな色を浮かべている。羽生ちゃんと一緒だな、と初美はうんざりした。

「そうだ、ばあちゃんが柿をたくさん買っちゃったんです。よければ、後でもっていきますよっ。ご主人、今日も遅いんですよねっ」

「せっかくだけど、ごめんなさい。遠慮する。柿は糖質が高いから」

彼の目を見ないようにしてエレベーターに乗り込む。左右のドアが下がり眉の顔を潰していった。自宅に帰ると灯りがついている。まさかと思ったが、珍しく夫が帰宅しているようだ。いよいよ、彼が編集長を務める雑誌も終わりに近づいているのかもしれない。廃刊の噂を初めて聞いたのは、確か今年の初夏だ。リビングで背中を丸めてパソコンに向かっている夫は、青白いデスクトップの光のせいでぎくりとするほど年老いて見える。初美はわざと明るい声を出した。

「珍しいね。今日は早いんだね。なんか作ろうか」

「いい、食べてきた。明日も早いし、もう寝るよ」

「猫背だと余計、肩こりがひどくなっちゃうんだよ。体幹を意識するだけで、ずいぶん楽になると思うよ。今日ね、志摩さんが言っていたんだ」

返事はなく、疲れたから先に寝る、と夫は両手をテーブルについて立ち上がる。そうはさせるか、と初美は夫の前に飛び出し、バレリーナのようにくるりとターンしてみせた。

「ほら、見て。また痩せたのよ。私、綺麗になったよね？」

「また、はちゅの口裂け女が始まったな。私、綺麗？　私、綺麗？　最近はそればっかりだ。ごめんね。疲れたから寝るよ」

からかうような口調を心がけてはいるけれど、疲れからくる苛立ちを隠せていない。寝室のドアが静かに閉まると、初美は一人になった。空しい反面、他の男と違って、どんなに身体が引き締まろうと態度が変わらない夫に対して、信頼のようなものが芽生えているのは何故だろう。インターホンが鳴る。うんざりした予感と共にドアを開けると、柿の入った紙袋を抱えた淳平くんが瞳を輝かせて立っていた。

「いらないっていったのに！」

「だって、初美さんの顔をもう一度見たかったんですよお。ねえ、今一人ですか？」

初美はため息まじりに紙袋をひったくると、ふいに思いついて、淳平くんの右手を取った。彼の肌がさっと熱を帯び、血管がどくどく音を立てているのがわかる。それには構わず自分の下腹部に導いた。

「腹筋、感じるよね？　堅い？　私のお腹、どう？」

「はい。すごく、か、堅いです」

初美はその答えに深く満足し、さっさと彼を押しやると乱暴にドアをしめた。男の熱を身体の中心に感じたのに、まったくもって心は揺れない。とうとう不感症になったのかもしれない。それならそれでいいと思う自分は、本来の目標を見失っているのだろうか。でも、欲望に振り回されて恥をかいたり傷つくのはもうたくさんだ。あんなもの脂肪と一緒に削ぎ落とされてしまえばいい。そんなことより早くこの邪魔な柿をどこか目につかないところに仕舞い、パソコンを立ち上げてVIPSとやらのダンスを習得せねばならないのだから。

＊

「よく、頑張ったと思います。トータルで十・五キロの減量。二ヶ月でここまで落とした方、私のお客様の中では島村様が初めてです。レッスン終了です。お疲れ様でした」

志摩さんの声が震えているように感じるのは、どうやら最後のトレーニングであるダンベルスクワット連続三十回でこちらの意識が朦朧《もうろう》としているせいだけではなさそうだ。

体重計を下りるなり、初美は虚脱感に襲われ、ぺたりと床に座り込む。こちらにかがみ込む志摩さんに向かって、なんとか息を整えながら感謝らしきものを浮かべてみせた。

「そんな、私一人の力じゃありません。志摩さんがそばにいてくれたおかげ……」

「いいえ、島村様の努力です。人は努力で変われる生き物なんです。努力すれば夢は必ず叶うんです。正直、島村様は特別なお客様だったから、私、他の方より熱心に取り組んだんですよ。島村様の頑張りを見ているうちに、私ももっと夢に向かって頑張りたいと思うようになりました」

奥二重の細い瞳が輝き、いつもは青白い肌がかすかに上気している。初めて彼女の素顔に触れた、と思った。減量成功よりももはや彼女との絆の方が今の初美には誇らしい。ここを去ったら二度と会うことがないと思うと、この瞬間がなによりも尊く思えた。

「志摩さんの夢、良かったら教えてくれませんか？　協力できることがあったらなんでもする」

ひょっとして将来は自分のジムを持ちたいと堅実に計画しているのではないか。こう見えて顔は広い方だ。顧客ならいくらでも紹介してやろうと、初美は姉のような思いになって彼女を見上げる。

「あの……。思い切っていいます。私、実はアイドルになりたいんです」

いつの間にか志摩さんは床に正座して、こちらと目の高さを合わせていた。

「え？　なんて言ったの？」

「こんなことというのは気が引けるんですけど、島村様のご主人だったら、そういう業界にも顔が利くかなあってずっと思っていて」

たった一言だった。それだけのことで、志摩さんの完璧な肉体はその辺によくいるちょっとスタイルの良い若い女に成り果てた。その顔は媚びと期待で赤らんでいる。いつかここの鏡に映った自分みたいに。怪訝そうな表情だけは浮かべるまい、と初美は努めてほがらかであろうとする。

「へえ。志摩さんて今、いくつだっけ」

「二十二歳です。アイドルとして、年をとりすぎていることはわかっています。オーディションで落ちまくっているうちに、こんな年齢になっちゃったんです。でも、目標としているVIPSには私よりもっと上のメンバーが何人もいるし」

この間、YouTubeで見たばかりのやたら人数の多いアイドルグループを思い出し、初美はおかしな悲鳴が出そうになる。

顧客の中にはモデルや芸能人が何人もいる。だから、初美にはわかる。志摩さんは確かに並外れて美しい肉体を持っているが、スポットライトを浴びてちやほやされるタイプの人間ではない。初美は冷静さをもってプロのデザイナーとしての目を見開く。かつて志摩さんが自分をそうして見つめたように。商品として厳しく値踏みする。堅さのある無駄な肉のない身体、目的意識のはっきりした屈強な顔つき、きつく結ばれた薄い唇。自分は今、女衒《ぜげん》の顔をしているんだろう。せっかく若返った体年齢が、元に戻った気分だった。

「ダンサーとか、舞台で活躍する女優さんとかじゃだめなのかな?」

「いいえ、あくまでも自分が目指すのはアイドルです。私、このままジムのインストラクターで終わりたくないんです。お願いです。チャンスを下さい。頑張ります。島村様、努力でなんでも叶えられるって、ご自分で証明してくれたじゃないですか」

努力ではどうにもならないことがある。セックスレスの自分が一番よくわかる。かといって、努力に意味がないわけでもない。この若い娘にどうしたら、傷つけずに教えてやれるのだろう。

「あなたのおかげでこんなに変われたけど、でも……。こんなこと言うべきかなあ」

　鏡の中に向き合う初美と志摩さんが映っている。姉妹にも友達同士にも見えないのが悲しかった。

「言いづらいんだけど、夫は私とセックスしたがらないの。身体のどこかがおかしいわけじゃないのよ。オナニーは普通にしているみたい。彼のおかずは、こんなこと言ったらあれなんだけど、あなたそっくりの鍛え抜かれた身体をしてたんだ」

　二ヶ月前、夫のパソコンを借りた時、うっかりとブックマークの一つを見てしまったのだ。元アスリートのＡＶ女優による過激な自撮りが満載のホームページだった。手が震えて、わけのわからない種類の汗が滲んだ。てっきり彼に性欲はないものとばかり思っていたのに。結論を見極めることが怖くて初美はすぐさまパソコンを消し、地面を蹴って走り出すことにした。とりあえず、十キロ痩せよう。それでもダメならその時は別れることも視野に入れるべきなのかもしれない。それまでは何か考えたり、落ち込むことを自分に禁じた。志摩さんの顔は困惑で引きつっている。

「そんな……。だって、島村様はよくご主人との話してたじゃないですか。仲いいんですよね？」

「仕方ないのよ。どうしたって、ないものはあることにできないの。全部は手に入らないし、できないものはできないんだよ」

思ったより悲惨には響かなかった。初美は自分の内側にあるものを冷静に見極めようとする。この先一生、性生活がないとして、夫と暮らしていけるのか。自分は一体、どんな人生を望んでいるのか。もう何度となく繰り返してきた問いに、案の定答えはない。

「志摩さんは綺麗だし、魅力的だよ。パフォーマンスもきっと上手いと思う。でも、アイドルっていう人種にはなれないよ。あなたの持つ強さと聡明さが、たぶん見てる人を現実に引き戻しちゃうと思うんだ。自分でもわかるでしょ……」

「……リバウンドに気を付けてください」

遮るように、彼女はつぶやき、顔を背けた。耳の付け根まで赤く染まっているのが、後ろの鏡に映り込んでいる。年上の女として、もっと救いのある言葉を選べたのではないか。更衣室でロッカーをのろのろと整理し、キーやトレーニングウェアを返却する間中、初美は自己嫌悪に浸されていた。もはや一歩も進む気力がなく、無駄遣いに落ち込みながらも、帰宅にはタクシーを使うことにした。窓にもたれて暮れていく２４６沿いを眺めていると、どうしようもなく空腹であることに気が付く。この二ヶ月、食事らしい食事を摂っていないのだ。

帰宅すると、玄関には夫のショートブーツがきちんとかかとを付けて並んでいた。

「今日も早いんだね」

初美の顔を見もせず、リビングのテーブルに突っ伏したまま夫は短く告げた。

「廃刊が決まったよ。今は休刊っていうんだけど」

ああ、これで、やっと二人で過ごせる時間が作れる。ゆっくり休んで疲れがとれれば、夫も結婚前の状態に戻れるのかもしれない。咄嗟にそう喜んだ自分を初美はすぐに恥じた。いい妻だったら、こんな時、夫の痛みを我がことのように感じ、身もだえするのだろうか。夫がこれほど苦しんでいるのに、自分はもはやなんとも思っていない。そのことを、初美は仕方ないとあきらめている。同じ家に住んでいても、大切に想い合っていても、すべての感情は分け合えない。初美の渇きを彼がまったくもって理解できないのと同じだ。

「啓介さんは頑張ったと思うよ。でも、もう仕方がなかったんじゃないの」

コートを着たまま向かいにすとんと腰を下ろすと、彼は顔を上げた。肌は土気色で、目の周りが落ち窪み、白目が充血している。眉間は怒りで歪んでいた。

「どうして、そんなことが君にわかるんだよ……」

「……そうだね。一人で気ままに働いている私には、あなたの苦労なんてたぶん理解できないね。でも、努力じゃどうにもならないことがあるって、この私が一番よくわかるんだもん。一応報告だけど、私、十・五キロ痩せたんだ。あなた、細い子が好きみたいだからさ」

しばらくの間、夫は初美を見つめていた。やがて、いろいろごめんな、とかすれた声で彼はつぶやいた。

「ねえ、とりあえず、なんか食べない？」

夫は力なく首を振った。

「食欲ないよ」

初美はキッチンカウンターの果物籠に手を伸ばす。そこには柿がこんもりと盛り上がっている。

自分たちが夫婦でいるメリットとはなんだろう。性生活もまったくない、子供もいない。力を合わせて一緒に立ち向かうべき苦難も今のところない。こんな時、旬の果物を剝いてやることくらいしか、今の初美には思いつかなかった。

「この柿はどう？　城山さんがくれたの」

皮を剝こうと果物ナイフをとりに台所へ向かう。戻ってみると、夫はすでに柿に歯を立てていた。以前、初美が立ったまま桃の種をしゃぶっていた時はきつくとがめたくせに、とあきれて、初美は腰を下ろす。ナイフをもてあそんでその刃にちらちら夫を映しているうちに、ふいにその横顔に魅入られた。

夫は俗を感じさせないひょろりとした好青年だったはずだ。今、目の前にいるのは傷つき、疲れ果て、むくんだ中年男である。もたついた身体の線、濁った瞳、やつれた肌に無精髭。

なんとセクシーなんだろう。

初美は口の中に唾がたまるのがわかる。自分の方こそ、夫を男として見ていなかったのではないか。自分がずっと一緒に暮らしてきたつもりだったこの男は一体誰なんだろうか。不摂生でやや黄ばんだ前歯が果実に刺さり、山吹色の表面をカンナのように細くけずりとっていく。神様が潜ませた毒が、男の身体にゆっくりと行き渡っていくのが初美にはよくわかった。ほんのりと瞳が蜜に濡れ、かさかさの肌が生気をおびていくのを、初美は邪《よこしま》な思いを込めて声もなく見守っている。たんぱく質には決してない、即効性のある滋養と身体の隅々まで伸びていく潤い。

夫が茶色く光る大きな種を吐き出した。

昔、こんな気持ちでこの人を見ていたことを、初美は思い出した。たわいない話を可愛いカフェで交わしながらも、いつか必ずこの男と寝てやろうと、皮膚の内側では悪い嵐が吹き荒れていた。このわけのわからない欲望を抑えるためだ、リバウンドなんてしない、と言い聞かせ、初美は約二ヶ月ぶりに果物の中でももっとも糖質の高い禁断の果実に手を伸ばした。

メロンで湯あたり

山の傾斜を昇って行く箱根登山鉄道がスイッチバックを始めたあたりから、もしや、という予感は下腹部にざわざわと広がっていた。このところくよくよと思い悩んでばかりで深く眠れたためしがなく、昼間はいつも眠い。頭の中は白っぽく朦朧とするのに身体だけは火照っている。それでも、まさかな、という気持ちが強い。いくらなんでも、そこまでの不運は自分に起こりえないだろう、と初美は言い聞かせている。ふくらはぎがむくみ、ブーツがきつい。目の前の座席には横一列で女子高生三人が並んでいる。都心ではお目にかかれないような、長めのジャンパースカートの制服とおでこの産毛が初々しい。この寒いのにパック入りのいちご牛乳をストローで回し飲みし、きゃっきゃとはしゃいでいる。当たり前だけれど、この子たちにとってはここ温泉街は観光地ではなく、日常なんだよな、と思う。だるいので夫の肩に頭をもたせたら、少女の一人がストローをくわえたまま、じっとこちらを見た。彼女のおそらく汚れなき目を通せば、生臭い男女に見えるのだろうか。そんなことなど、もう三年近くしていないというのに。視線が恥ずかしかったが頭が重く、そのまま目を閉じた。

強羅《ごうら》駅のホームに足をつけるなり、冷えた土と濃い緑のにおいが夫婦をすっぽりと包んで、鈍っていた感覚がほんの少しだけ蘇る。澄んだ空気を舌にのせるとふっくら丸くふくらんで、はっかのような甘さとともに優しく溶けていった。辺りは深い闇に浸されつつある。お互いに最後まで往生際悪く仕事を片付けていたせいで、ロマンスカーに飛び乗って新宿を離れたのは四時を過ぎていた。おそらく部屋についたら、すぐに食事が運ばれて来る時刻だろう。

足の間が充血していて熱い。頼む、それだけは、と祈るように願いながら、駅で待っていた作務衣《さむえ》姿の男の運転する迎えのベンツに夫と並んで乗り込んだ。向かう先はたった二泊の宿泊費で新入社員の手取りを超えるような超高級旅館である。

白砂利を敷き詰めたスロープに滑り込むと、正面玄関にはすでに出迎えの仲居が四名、番頭が一名待っていた。甘いお湯の香りがどこからともなく漂って来る。和風モダンな建築が木立の闇に浮かび上がっていた。

入ってすぐのロビーは二百メートルは続く大回廊に貫かれていた。他の客の気配がまったくない。さすが強羅一番の温泉宿だよなあ、と編集長を務めていた雑誌の取材で離れの料亭を一度訪れたことがあるはずの夫でさえ、感嘆のため息を漏らしている。

仲居さんの案内で通された三階の角部屋は八畳ほどで、床の間、板の間を挟んで壁一面の窓からはすのこに覆われた広々としたバルコニーが見える。そしてこの部屋の売りである露天石風呂になみなみと澄んだ湯が満ちていた。直径一メートルほどの八角形の小さな湯船だけれど、これから二日間、夫婦で独占できると思うと、愛おしさと誇らしさがこみ上げて来る。仲居さんがお茶と落雁《らくがん》を用意して行ってしまうと、初美は、ちょっとトイレ、とつぶやき洗面所に向かう。総檜張りのそのスペースにはトイレに続くドアの他、ガラス張りのシャワー付きスチームサウナまでついていた。

下着をおろすなり、便器にひとすじの赤が流れ落ちた。一ヶ月近く遅れていたとはいえ、よりによってなんでこんなタイミングでやってくるのだろう。万が一のために生理用品を持ってきてはいるが、これでは二日分ももたないだろう。後で買いに行かねば。初美は深いため息をつき、ちょうどいい暖かさに設定された便座に腰を下ろし、しばらくの間、うう、とうなって頭を垂れた。本来なら二週間前に済んでいるはずなのだ。これほどの出費に踏み切ったのは、何がなんでもセックスレスに終止符を打ちたかったからなのに。ここのお湯は妊娠に抜群の効果があるらしい。一度ですべての問題を解決しようと焦る自分はやっぱり欲張りなのだろうか。これは罰なのだろうか。

「生理きちゃったみたいなんだけど……」

遠慮がちにつぶやき後ろを向いて浴衣に着替える。ピルケースから痛み止めを出し、お茶で飲み込んだ。

「ああ、そうか、遅れていたもんね」

荷解きをしている夫がそう残念そうでもないのが、やや癇《かん》に障った。むしろ、セックスしなくてよくなってほっとしたのではないか。それだけで、急にわっと泣きたくなった。今日の自分は情緒不安定だと思う。

「お腹痛いよー」

初美はうめいて、下腹部を守るように畳にうずくまる。大げさではない。もはや立っていられないほどの鈍痛である。この数ヶ月、耐え続けていた身体がとうとう、泣き出したという感覚だ。どこもかしこもむくみとほてりで、着ぐるみでもかぶっている気分である。

「大丈夫？　せっかく高い宿なんだから、存分にのんびりしようよ」

「なんか損した感じがする……。せっかくの旅行が……」

「お風呂入っておいでよ。少しは痛みがやわらぐかもよ」

うめいていても仕方がないので、初美は板の間の襖を閉めると服を脱ぎ、外へ出た。山の冷たい夜気に身体中の細胞が覚醒する。湯にそろそろと身を沈めると、針のような自分の核が感じられた。それは小さく震える。皮膚がきゅっと収縮した後で、強ばっていた神経ごと一度に解放されたのがわかった。陰毛に泡が集まり、子持ち昆布そっくりになっている。透明のお湯に沈む、高いスポーツジムに通って痩せたというのに、このところの暴食で少しふっくらした下腹部を見下ろした。この辺に子宮があるんだよなあ、と考えてもあまりピンとこない。子宮の場所を確認する作業をもうずっとしていない。あれよあれよという間に、お湯の中にゆらゆらと赤いものが小さな龍のように舞い上がって行く。公共の大浴場ではなく、客ごとに洗うであろう貸し切りの湯だし、まあいいか、と思わせられた。小さいながらも温泉を独り占めできるのはやはりうっとりするような贅沢である。もちろん、血をつかまえ、外に逃がすことを忘れない。

「せっかくだから、ここのお風呂は出来るだけたくさん入ろうと思う」

風呂を出、下着にミニタオルをあて、浴衣に着替えると夫にそう微笑みかけた。薬が効いたのか、身体が芯から温まったせいか、だいぶ気分が上向きになっていた。改めて室内を見渡す。部屋のどこもかしこも天然素材が使われているせいかもしれない。和紙、土壁、竹、漆喰《しっくい》。そして、網戸にいたるまで木で出来ている。携帯電話を触りたいとかテレビを見たいという気持ちがまるで起きない。ささくれた心が凪いで行くのがわかった。

「ロープウェー、新しくなったんだよねえ。温泉たまごも食べたいなあ。エヴァンゲリオン仕様のコンビニも。おもちゃのミュージアムも……」

「無理しないで、ゆっくりここにいよう。一緒にいるだけで、十分楽しいよ。お正月、ないも同然だったもんね。これは旧正月だね」

仲居さんの手でお膳が運ばれてきた。食前酒の柚子シロップはとろりと冷たく、喉を下りて来る。すべった場所から甘くなっていくような飲み心地だった。豆や伊達巻き、松風などをこまごまと盛りつけた突き出しに、頬がほころぶ。

「おせちみたい。可愛い」

焼いた朝掘りのたけのこ、鮎のにこごり、ウニを塗った里芋などが少しずつ運ばれてくる。百合根のまんじゅうの中にはそぼろあんが包まれていて、翡翠《ひすい》色の餡がかかっていた。そのコントラストを見つめるだけで、冷たいしこりが溶けて行く気がした。痛み止めを飲んでいるけど、少しなら、と夫の後に自ら杯に注いだ日本酒は、甘い風が身体中に吹き渡り、地面から足が離れるような心地にさせてくれた。刺身にてんぷらに鯛の炊き込み御飯。そして、デザートでやってきたのは編み目がくっきりとした大ぶりのメロンだった。

「このメロン、すごい美味しい。とんでもなく甘い。ジュースたっぷり」

目を大げさに見張り、舌を鳴らしたくなるほど甘い果肉だった。口にふくんだ瞬間、お城がゆっくりと崩れるように無数の繊維がほどけていくのがわかる。身体の奥へと自然に吸い込まれるような、天然の甘露の香り高さときたら。堅い編み目の中にこれほどの瑞々しさを隠しているなんて。この果物は小さな地球のようだと思った。

食後の番茶を飲みながら、先ほどのメロンの味を思い出し、ふうと息をつく。

「年々、生理痛重くなる感じがするなあ。産婦人科ずっと行っていないし、一度見てもらったほうがいいかも」

「そうだね。いずれ初美との赤ちゃんだって欲しいし」

なにげなく夫が言った。初美は耳を疑う。彼の背後に掛けられている掛け軸の富士山が、まるで幼児が殴り描きしたように雑で、急に苛々してきた。

「なにそれ。セックスもしていないのに、赤ちゃんなんて出来るわけないじゃない!?」

「したくないなんて言ってないでしょ。時間ができて、お互いゆっくりしたら、時期がきたら、きちんと子づくりしようよ」

「もうやだ、生理なんて、今の私にはなんの意味もないよ。こんなもん、なくなればいい」

やめよう、と思っても言葉がせり上がった。忘れていた痛みが蘇って来る。頭がぼんやりして、取り繕う言葉が思いつかない。すべてを台無しにしてしまった後悔で、低い卓をひっくり返したくなった。

「時間、時間ってなによ。もうあたしにそういう気持ちにならないくせに……。時間なんてなんにも解決してくれやしないのよ。もうやだ。こんな高い温泉にただの生理痛を癒しにきたわけじゃないのに。喧嘩をしにきたわけじゃないのに。なんにもうまくいかない。思っていた三十代と違いすぎる!」

「初美、ここ最近、忙しすぎたんだよ。僕もそうだよ。雑誌も休刊したし……。お互い苛々しないで、疲れをとろうよ。な」

　疲れをとるとか休むとか夫はそればっかり。一体いつになったら、本番が始まるというのだ。二十代の頃は生理中のセックスなんてどうということもなかったのに、と思うとなにより自分の衰えが悔しい。タオルを敷いて、シーツを汚さないように気を配れば、少しぬるぬるするけれどいつもと変わらない感覚で受け入れることができた。三十三歳になる今はとてもじゃないけれど、自然に逆らう気力は湧きそうにない。

　初美は無言で腰を上げると、板の間で浴衣と下着を脱ぎ捨てた。足の間のタオルはうっすら赤くなっている。背後では夫が、飲んだばっかりでお風呂よくないよ、と困った声を上げている。先ほどより闇はさらに深い。お湯をさらに熱く感じた。ざぶりと身を沈めると盛大に湯が溢れ、少しだけせいせいした。

　メロンでさえ固い皮の中には豊かな果肉を湛えているというのに。自分で裸の乳房を軽くさわってみる。丸くて柔らかい。でも、こんな身体になんの意味もないし、生理痛を何回耐えたところで、生まれるものなどなにもない。もう、なにもしたくなかった。なにも考えたくなかった。ただこうやって澄んだ湯につかって、ひたすら上げ膳据え膳で出されたものを食べる暮らしが今の自分には合っていると思った。

　――なんでこう、なんにもうまくいかないんだろうか。

　こんな風にして年をまた一つ取る。子供をつくるチャンスは年々、減って行く。

去年のクリスマス目前、さる有名女優のブログに初美のデザインしたブレスレットが取り上げられた。受注数は激増し、一人の作業ではとても生産が追いつかない。かつて同じショップで働いていた仲間や同業者に声をかけたものの、年末年始でなかなか人が集まらなかった。商品をすぐに届けられないことはできるだけ丁寧にブログやDMで詫びたが、注文者の中にはしつこくクレームを送ってくるだけではなく、ネットで誹謗中傷を繰り返す者もいた。なんとかすべて発送を終え、事態を収束させたのは昨日のことである。ひとなみに野心はある。主婦の片手間とは決して思われたくない。しかし、今回の読みの甘さからくる事態で、どこかでアマチュア気分だった自分の至らなさが突きつけられた。生理が止まるほどのストレスは主に自己嫌悪によるものだろう。夫の呼ぶ声が何度かしたが、無視をした。お湯が頭にまで巡ってきたような感覚である。

意識が朦朧としている。眠ってしまったらしい。お湯から強い力で引き上げられたところはよく覚えている。気付くと初美は明るい蛍光灯の下、布団に寝かされていた。心配そうな夫がポカリスエットのペットボトルを差し出す。どこで買ってきたのか。首筋を汗が流れている。

「お風呂で寝ちゃだめだよ。ぐったりして」

「大変だ。パンツはかなきゃ。ナプキン」

水分を取るなり、初美は手足をのろのろとばたつかせ、起き上がろうとする。身体が鉛のように重い。

「大丈夫。ちゃんとはかせたよ。番頭さんに車出してもらってそこのコンビニまで買いに行ってきた。ポカリも一緒に」

初美は思わず腰に手をやる。ショーツにナプキン、それどころか、ちゃんと夜仕様のものを正しい位置に装着してくれたらしい。すごい。この人、ちょっとすごいんじゃないか――。初美は改めてまじまじと夫の顔を見つめる。

「ありがとう。なんかおむつされたみたい。恥ずかしい……」

「初美は僕にとって赤ちゃんみたいなもんだからさ」

夫は隣に横たわると、こちらの腹をなでさすり始めた。手のひらから伝わる熱がじんわりと下腹部を温め、にぶい痛みをやわらげてくれている。まるでお腹に二人の子供がいるみたいに。夫はいたわるようにさすり続けている。そうして、夫は後ろから初美を抱き寄せた。彼の熱が直にすっぽりと伝わってくる。こんな風にただ抱き合って、何もしないで過ごすのは、本当に久しぶりだと思った。いつの間にか眠りに落ちた。

目が覚めるとカーテンから漏れる日の光はどうやら午後のものらしい。この旅館名物の朝食を食べそこなったようだ。初美が目を開けると、まもなく夫がぼそぼそと耳元でつぶやいた。

「こうやってずっと、二人で冬眠中のクマみたいに過ごせないかなあ」

「なにそれ、村上春樹？　お金なくなっちゃうよ。この宿高いもん」

「いいよ。もう動きたくないもん」

時間が止まる気がする。こうやって二人で抱き合ってさえいれば、他に多くは望まないという気になった。ひょっとしたらもう二人の間にセックスなんて必要ないのではないか。必要ないからしないだけなのではないか。肌をくっつけあって眠るだけで、安心するし自分の居場所はここにあると実感できる。そのまま数時間眠り、次に目を覚ましたらもう夕方になっていた。かつてないほど身体がいきいきと柔らかくなっているのがわかる。トイレに行き、戻って来ると夫が目を開けていた。

「初美、痩せたよなー。お腹の肉とか前はもっとたぷたぷしてたじゃん」

温かい布団に再び潜り込むと、二人のにおいがした。夫の手がウエストにすいっと触れて来る。あれだけ頑張ったのに、やはり日常は何も変わらなかった。そう思うと、静かな気分になる。ふいに触れた熱く固いものが、一瞬なんだかわからなかった。

「え、なにこれ、どういうこと」

驚いて身を起こし、握った右手をかすかに上下に動かしてみる。

「休むだけ休んだから？　なんでだろう」

夫がとぼけた顔をしている。初美はややあって、くすくす笑いながら、布団の中へともぐりこんでいく。夫の足の間にある、通常の二倍になったものをぱくりとくわえた。

初美が寝ている間に、温泉をぐったらしいそれは少しも生臭くなく、ほのかに甘い味わいさえする。射精に導くことが目的ではないので、しばらく舌でそのざらつきや温度を楽しんだ。

「このまま入れちゃえるんじゃないかな」

「濡れてないから……」

「初美、いやらしいこと考えてみて」

「え、今？」

「初美の考えるいやらしいことってなんなの」

そういえば、今まで夫にオナニーの対象について話したことがない。ためらっていると、夫は初美のお腹をこちょこちょとくすぐった。我慢できずにけたけたと笑い出す。お互いにもう欲情の対象ではない、と手のうちをさらしあうのは少し寂しいようだけど、肩の荷が下りたのは事実である。

「グラビアアイドルのあの子だよ。ほら、写真集あるじゃない。あの子がゴロツキに襲われている姿を……」

「ふーん、僕、あんまぴんとこないなあ。君、女がおかずなのか」

「あなたのおかずはスレンダーなＡＶ女優さんだもんね」

「ええと、自分を重ねて感情移入する感じなの？」

寄せてきた。

「違う、完全に神の目線になりきるの」

へええ、と夫はわかったようなわかっていないような声を漏らし、こちらを再び抱き寄せてきた。

「あの掛け軸の絵、下手だよね」

「僕もそう思った。もう少しだけこうしていようよ。夕食まで時間あるし」

うん、疲れたしね、とうなずき、初美は夫のわきの下に潜り込む。

汚れたシーツも自分で洗わなくていいと思うと、自由になれる気がして、初美はショーツを脱ぎ捨てると夫にまたがって、腰を少しだけ動かしてみた。やはり出血が気になるので、あきらめてすぐにタオルを持ってきた。

「人類史上、最初にセックスした人ってこんな感じだったのかな。こうやって、くっつきあっているうちに、あっ、こうすると気持ちいいよって思いついて」

「よっぽど、なんにもやることがなかったんだろうね」

「それがあるべき姿なんじゃないのかな。今の夫婦は昼も夜もやること多すぎ」

そう言って、夫はあくびをして、目を閉じた。初美はしばらくそれを見つめ、天井に目を向けた。

もしかすると、すべては実りを待つようなものなのかもしれない。時間をかけて、手間をかけて、肌を合わせていれば、心を通わせてさえいれば。夫婦で居ることをしぶとくやめなければ。いつしか花はゆるやかに開くのかもしれない。初美はようやく起き上がると、腰に巻き付いている帯とほとんど肩にぶらさがっているだけの浴衣を布団の上に落とした。夫は口を開けて眠っている。性には淡白で煮え切らないところはある。でも、この男は初美だけのものだ。初美一人のための男だった。裸になって外へでると、風呂より先に山の空気にざぶりと浸かっているような気分になれた。

　澄んだ湯に身を沈める。足の間に血はもうのぼってこない。やはり、昨日がピークだったのかもしれない。痛み止めさえ飲めば観光が出来そうだけれど、やっぱりまだ夫とじっと抱き合っていたいと思った。

　お湯の中から見上げた暗い濃灰色の山並みに、梅の花がぽつぽつと、まるで灯りがともるように咲いていた。すぐそばの葉の落ちた木立の中を、箱根登山鉄道が通り過ぎて行く。

よそゆきマンゴー

「ねえ、今から、セクシーアイランドに行ってみようか？」

言い出しっぺは、なんと夫の方だった。本格的に梅雨入りし、週末もどこにも出かけられない日々が続いている。乾燥機から取り出したぱりぱりのTシャツの皺を伸ばしていた初美は、夫の視線のずっと先にある「ホテル　セクシーアイランド」に目をやった。「OPEN記念　アメニティプレゼント　全室マット完備」の横断幕が朝から続いている小雨に濡れて半透明になり、壁面に張り付いているのが、百メートル以上離れているこの距離からもよくわかった。ここ半月の間、夫婦の間で散々話題になった駅前にオープンしたばかりの、バリのリゾート地をイメージしたというふれこみのラブホテルである。マンションの住人の中には景観を損ねる、教育に悪い、と眉をひそめる者も居るらしいのだが、子供のいない初美たちは日常に突然出現した珍風景としてなにかとネタにしては面白がり、「セクシーアイランド」のホームページを覗いたりもして盛り上がっていたのだ。夫の発言をほとんど冗談と受け取って、初美は手元に視線を戻し、Tシャツを畳み始めた。

「えー、いいよ」

網戸から湿気をふくんだ風が滑り込んできた。甘い土と水のにおいが部屋を満たす。旧正月の温泉旅行を機に、一時は焦げつきそうなほどだった性欲もすっかり下火になっている。三十代も半ばにさしかかり、大げさだが、生命体としてひとつの峠を越したのかもしれない。あきらめの先に待っていたのは、かつてない穏やかな時間だった。本でも映画でも音楽でも繰り返し繰り返し言われていることではないか。持ってないものよりも持っているものを数えた方が常に必ず正しい。そんなふうに認められる自分は賢くなったと思えるし、年老いたともいえるのかもしれない。なによりも、雨の中外に出るのも、窓から見える日常にとけ込んだ風景の向こう側に足を踏み入れるのも、おっくうだった。夫は引き下がらない。

「だって近所じゃない？　今ならサービスタイムだよ。カラオケに行くようなもんだと思って一時間だけいって戻ってきたっていいんだし。こうして家に居るのもホテルに居るのも変わらないじゃない」

変わらないなら家に居ればいいじゃない、と初美はあきれて夫を見上げた。でも、ものの静かな夫がこんな風に早口でものをねだるのは珍しい。編集長を務める雑誌が休刊になってからというもの、眠る時間がたっぷりあるせいか肌艶がよく、輪郭がくっきりして見えた。結婚当初の彼に戻り始めていることに、初美はほっとしている。最近では夫の体調管理や家事を丁寧にするよう極力努めていた。春先に殺到していたアクセサリーの注文が一段落したせいで時間に余裕があり、まったくおっくうではない。野菜や果物を意識的に増やし、温かいほうじ茶をこまめに飲ませ、お風呂にはバスソルトを入れて一緒に肩までつかり、汗を出す。いつまで続けられるかはわからないが、こんな風にお互いの体温を近くに感じながら静かに過ごすだけで、英気が養われ、心身ともに満たされていくのがわかった。

「実はさ、あのホテル、その業界ではすごく有名みたいなんだよね。中に岩盤浴もミストサウナもあるし、アメニティも豊富みたいなんだよ。南国のリゾートをイメージしたとかで、フルーツも食べ放題でさあ。パパイヤとかマンゴーとかパッションフルーツとか」

「え、岩盤浴にフルーツ食べ放題？　それは魅力かもなあ。そっか、エステにでも行くと思えばいいか。なら、いいよ。行ってもいいよ」

常々、スーパー銭湯の一角にある岩盤浴に行くたびに、ここに文庫本がもちこめたらなあ、と思っていた。なるほど、その空間が自分一人のものだとしたら、使いなれている美顔ローラーや読書や携帯電話を楽しみながら、熱い石の上で汗をかくことも可能なのだ。初美は財布と傘は夫に任せ、鍵と読みかけの鴨居羊子の文庫本だけを手にして、Tシャツと短パンという部屋着のまま玄関へと向かう。夫はいかにも楽しげにうきうきと後に続いた。これからホテルに行くのに、ちょっとそこまで、と言わんばかりの軽装に初美はとまどい、少しばかり心もとない気持ちを味わう。マンションのエントランスに出たら、背後から声をかけられた。

「あらあら、雨の中、ご夫婦でどちらに？　いつも仲が良くてうらやましいわねえ」

お向かいの棟に住む老婦人、城山さんが生クリームのように柔らかそうな頰をほころばせた。夫と一瞬目配せし合い、初美はちょっと二人で整体に、と笑ってごまかした。これだけのことで、なんだかとてつもない背徳行為をしている気になる。自動ドアが開いたら、もわもわとした生暖かい外気に包まれた。一つのビニール傘をわけ合って、肩を寄せて住宅地を抜けて行く。アスファルトが黒々と濡れ、庭先の花壇がいささか毒気を感じさせるほど鮮やかな色彩をもって次々と目に飛び込んで来る。赤ん坊の頭ほどもあるあじさいがぐったりと地面を覗き込んでいた。「セクシーアイランド」に到着するころには、髪はごわごわとふくらみ、身体はじっとりと湿っていた。

「サービスタイムといえど、けっこう高いね……」

紫色の看板に表示された料金表を見て、初美はいよいよ我に返る。ちょっとした気まぐれの無駄遣いにしては高額だ。独身時代、とくに奔放だったわけでも、かといって真面目だったわけでもない。こうしたホテルを利用したのはごく平均的な回数だと思う。でも、思い返せば、あの瞬間、まったく値段など気にならなかった。割り勘の時もそうでない時も、こういう場所に来る時は、欲求が高ぶっていて常識はふっとんでいた。

初めて間近でみる「セクシーアイランド」は、フラッシュを多用した最新のホームページからは考えられないほど、ごく平凡な直球のラブホテルだった。入り口が椰子やシュロの木で飾られている以外は、これといってバリを連想させるものはない。こんな淡々とした心境で訪れるべき場所ではないのかもしれない。

「ねえ、やっぱよそうよ……。無駄な出費すぎるよ。せっぱつまったカップルでもあるまいし。くつろぐのに家もホテルも大差ないよ」

「大差ないなら、入ろう。それに家にいたんじゃ、僕たちきっとこのままだよ」

まさか、夫がそんな気だとは思わなかったので、初美は戸惑った。その表情は真剣そのものである。

「でも、だって、なんか、恥ずかしいんだもん。おかしいよ、夫婦でラブホとか」

「恥ずかしいんだったら、なおさらいいよ。はちゅ、もう僕に対して恥ずかしいなんて感情、ないでしょ」

ぎくりとして彼の目を見たが、そこに非難の色はない。最近では風呂上がりに裸のまま歩き回るのもなんでもなくなっている。彼もまた、それを当たり前のこととして受け入れているのを悟り、初美は切なくなるのと同時に肩の力が抜けた。もう男女ではないのは明白だ。でも、男女になるべく、夫は現実に挑もうとしているのだ。ホテルの前でもめている初美たちを、通行人がちらちら横目で見ている。仕方がないので、彼に促されるままに、巧妙に目隠しされているエントランスから建物内へと入って行く。

空室は少ないが、パネルで見る限りどの部屋も同じに見える。何度見ても違いがわからないので、逆から読むと自分たちの住む部屋と同じ番号という理由だけで、初美はある一室を選んだ。相手の顔が見えないフロントで鍵を受け取り、エレベーターに乗り込んだ。背の高い夫を初めての相手のように見上げる。自分はこれからこの人とセックスするのだろうか？　まったくピンとこない。タイミングが悪すぎる。したくないのか、と問われたら、そんなことはなくむしろ歓迎の部類なのだが、あまりにもブランクがあり過ぎ、もはや彼がどのような動きをするのか、まったく予想がつかない。

夫に続いて、靴を脱いで部屋へと上がる。

十畳ほどのベッドルーム、ソファ、プラズマテレビにカラオケセット、トイレ、ミストエステのついたメイクルーム、広々としたバスルームにはマットが立てかけてあった。部屋の中央に陣取る酸素カプセルなる鉄の棺のようなものを見下ろし、初美は低いテーブルに文庫本を静かに置いた。小さなアクリルケースの連なる自販機の中には、それぞれ電動バイブ、ローション、ローター、ストッキング、網タイツ、ビニール製の縄などが揃っている。いずれも千円前後と安い。ほんの数年来ないうちに、ラブホテルは激しく進化していた。上手く言えないが、乗り越えるべき気まずさというものが徹底的に排除されている。どうやら、どの部屋にも岩盤浴ルームがあるわけではないらしいと分かって、初美は失望した。

三年間、押しても引いてもその気にならなかった夫がようやく体温を取り戻そうとしている。それなのに今、岩盤浴で本が読めずに、がっかりしている自分は贅沢なのだろうか。並んでソファに身を沈めるうちに、触れてはいないけど彼の体温が伝わって来る気がした。長らく性に乗り気ではなかった夫の気持ちが今、ようやくわかった。本人も言うように、セックスに嫌悪感がある、とか、初美に興味がなくなったわけではなかったのだろう。ただ、性的なことと自分をどうしても結びつけて考えられないだけなのだ。

そういうことって、もっと若くて、美しくて、ぎらぎらしている人種の特権なんじゃないだろうか。すっぴんにごわごわの髪、ノーブラに着古したTシャツ、夫と兼用の短パンを身につけた自分がこういう空間に居ていいのだろうか、という申し訳なさのようなものまで湧いて来る。そのせいか、酸素が足りない気がした。

「なんとなく息が苦しい……。きっと窓は開かないよね」

「なら、除湿入れようか」

夫がベッドサイドにあったリモコンを見つけ、かいがいしく操作する。間もなく、辺りはひんやりと乾いたものになった。胸のつかえがほんのり和らぐが、部屋の中に四角く閉じ込められた空気の質は変わらないのだろう。自分たちと同じだ。熱くしようが冷まそうが本質は変えられない。夫がこちらをそわそわと見つめるのを振り切るように、初美は窓辺に駆け寄り、いかにもリゾート風の茶色の木枠を押し上げるが、ガラス戸は案の定、開かなかった。

「みて、うちが見えるよ」

初美は慌てて、フロントに電話をかけてフルーツを注文している夫を手招きする。小雨のベールの向こうに並ぶ住宅を貫くように、初美たちの住むマンションが聳えているのだ。この位置から我が家を眺めるのはむろん初めてである。

「ほら、あれが私たちの部屋。わかるでしょ。そうだよね、あっちから見えるってことはこっちからも見える」

「ほんとだ。こうやって見ると、けっこううち、古いなあ」

「そういうこと言わないの。三十五年ローンなんだから」

しばらく並んで見つめていたのだが、何かを断ち切るように夫が突然、窓を閉めた。初美は仕方なく引き返すとソファに腰を下ろし、籐素材の低いテーブルの上にある数種類のメニューを手にとってみた。そのうちの一つは巫女さん、シスター、スチュワーデス、セーラー服など、色黒の肌が特徴の女性モデルが同じ表情で何種類もの姿を連ねている。

「コスプレ、五百円で持ってきてくれるんだって。いいな、盛り上がりそうだな」

初美は言うだけ言ってみる。コスプレに抵抗はないが、ふざけて盛り上げるだけのやる気が出ない。それでも、なんとなく目が離せずラミネートされたメニュー表を眺めていた。まるでここが民家であるような、やけに律儀なインターホンの音がして、夫が立ち上がった。フルーツの皿が届いた様子だ。ラップされているひんやりとしたそれは思っていたよりずっとボリュームが少なく、「売り」であるマンゴーやパパイヤよりも、水気のないパイナップルがはるかに配分が多かった。マンゴーを一切れ口に運ぶが少しすっぱく、まだ風味が青い。果物の熟れ具合を判断することにかけては誰にも負けないつもりなので、失望は隠せない。それでも、黄赤色の果実は格子模様に切れ目が深く入って、濡れた果肉を左右に押し広げている様はやけに食欲をそそる。

「こういうマンゴーってさあ、どうやって切るんだと思う？　なんか特別な感じだよねえ」

「ああ、知ってる。実は簡単なんだよ。撮影で見たことがある。包丁を交互に入れて皮をひねるだけでいい」

撮影と言う時に、彼がちょっぴり悲しそうな顔になったのを初美は見逃さない。新しい配属先は来週にならないとわからないという。何も考えなくていいのんびりした週末はこれが最後かもしれないのだ。彼の願いを出来るだけ叶えてやりたい、との思いが強くなる。

「帰りにスーパーで絶対、マンゴー買おう。確かポイントでいけるはず……」

突然、唇をふさがれる。肩をつかむ夫の手がじっとりと汗ばんでいて、初美は恥ずかしくなった。舌先からすっぱいマンゴーの味がして、喉の奥がきゅんとくぼんだ。

「やだ、私、汗くさいよ」

「そんなことないよ」

「誰かが見てる気がするよ。こういうところって盗撮されてるんじゃないの」

「いいじゃない。はちゅの綺麗な身体を見てもらおうよ」

「やだ、もうちょっとゆっくりしてから、ね？」

自分でもいささか気がとがめるほど、邪険に夫を押し戻した。さっさと立ち上がり、カラオケの入力タッチパネルを手にすると、壁に備え付けてあるマイクを手に、背筋を伸ばす。

本当はここに入ってカラオケを目にした時から、ある歌が歌いたくてうずうずしている。男性の感情の入り口の一つを強制的にシャットダウンするに違いない。今、この曲を歌うべきではないのはわかっているが、初美はどうしても入力する手を止められなかった。つい最近観て感動したばかりの「アナと雪の女王」の主題歌、「Let It Go」がカラオケ用テレビ画面に浮かぶ。物悲しげなイントロが流れ出す。

部屋中に自分の歌声がどこまでも伸びて行く快感に、しばし初美はうっとりし、そこに夫が居ることさえ忘れかけていた。これだけでも来たかいがあると思ったら、気詰まりが軽減された気がする。

見ると、夫の耳からイヤホンが延びている。今の熱唱を聞いていなかったのかと、初美はかっとなってそれを引き抜いた。たちまち女の吐息と嬌声《きょうせい》が溢れ出す。プラズマテレビの画面にはいかにも夫好みの、スレンダーなAV女優がOLの扮装で脚を思いきり開いている。初美はうっかり笑いながら、形だけこぶしを振り上げる。

「ひどい、AV見てる!!」

「はちゅははちゅで楽しんでいるから、もういいかなあと思って」

「楽しむ内容が違いすぎるでしょ」

お風呂いってくるね、と夫がそそくさと逃げ出した。点けたままになっているアダルトチャンネルをなんとはなしに初美は眺めた。こんな綺麗な子たちがこんなに体液まみれで……、とザッピングするうちに、欲望の輪郭らしきものが、ほんのりと広がって行くのがわかった。

「ねえ、はちゅもおいでよ！　お風呂おいでよ」

と浴室の方から声がシャワーの音と一緒に、聞こえて来る。初美はその場で部屋着をばさばさと脱ぎ捨てガラス戸を開けた。湯気の向こうから、夫の裸体が浮かび上がる。

「ねえ、もしかして、身体鍛えてるの？」

「時間できたからね。はちゅが頑張ってそんなに綺麗になって、それをキープしているんだから、僕も頑張らないといけないと思って。密かに腹筋してる」

まさか二キロリバウンドしたとも言えず、初美は曖昧に微笑んでお湯を浴びた。夫はほんの少し得意そうに下腹部を撫でてみせた。もともと痩せていたが、さらにすっきりと身が締まった印象を受ける。なにやらぬるぬるするものを、夫は手に塗り付けている。

「今、自販機で買ったローションだよ。海藻由来だから、口に入っても大丈夫だよ」

透明で糸を引くそれは、滑稽で律儀な強い光を辺りに放っている。いつかテレビで見たコント番組のプロレスを思い出させた。夫に誘われるままに初美は床に置かれたマットに横たわる。ぷにぷにとした感触が背中に心地よい。身体がふんわりと宙に浮かぶようだ。いよいよ本番だが、一体どうやっていたのか、咄嗟には思い出せない。夫の手が伸び、初美の胸をつかむ。ローションのおかげか、柔らかく愛撫する手つきは、記憶の中のそれより、数倍凝ったものに覚えた。脚の間に稲妻が走ったので小さく叫ぶ。

「え、なにこれ」

とすっとんきょうな声を上げると、夫は得意げに濡れたローターを掲げてみせた。

ローターを一回一回洗うのがなんだか惨めな気がして、買ったはいいが下着の引き出しの奥に仕舞いっぱなしだ。オナニーは自分の手で済ませることが多いが、なるほど、こうしてホテルの自販機で買って使い捨てればいいのかもしれない。さきほどのアダルト動画を思い浮かべるまでもなく、初美の身体は自然と潤い出した。夫のそれも久しぶりに血管を浮かべ怒ったように上を向いている。すべては上手く運んでいる、と初美はしごく冷静に作業をチェックするように成り行きを見守る。

「あ、なんか入ってきた……」

ぬるりと突き抜ける感覚が、足の間に滑り込んで来る。あっけないほど上手くいった下半身のつながりよりも、夫の身体の下で自分の乳房がつぶれ、お互いの陰毛がこすれることに初美はぞくぞくとした。なるほど、なかなか濡れないのはローションで補えばいい。マットで肉の反発を減らすことで、身体の疲れは減らせるし、腰を浮かせるタイミングも考えなくていい。どうして今まで、セックスレスを自分たちの手だけでどうにかしようと思っていたのだろう。探せばいくらでも、親切に手助けしてくれる道具や場所はあるのだ。男女が長く一緒に居たら、飽きて当たり前、倦《う》んで当たり前なのだ。どんなに愛しあっていたって、自然に任せたままで上手くいくことなんてそうそうありえない。それがこの上ない悲劇であるかのように、どうして世間の多くは気弱そうに背中を丸め、ヒソヒソと囁き合うのだろう。

ローションまみれの夫は、懸命に腰をつかっている。いかにも辛そうだ。初美はされるがままで、何かしなければ、と考え続けている。腰がきゅっきゅっきゅとマットにこすれ、のんきな音をたて続けている。

夫が勇敢なファイターに思えた。初美もまた、彼とともに巨大な何かと闘っているのかもしれない。時の流れか男女の真実か――。人類が古代から闘い続けてきた、目には見えない、のったりしたすべてを飲み込むモンスター。マットの上で、透明の膜を張ってもつれ合う若くない男女。なんて滑稽でなんてグロテスクなんだろうか。彼の親が見たら泣くだろう。でも、夫婦で居ることを決してやめられないのだから、もう腹をくくるしかない。安定も欲しいが、セックスもあきらめられない。その先に子供が出来たら、という望みも捨てられない。なんと傲慢で欲張りで、無謀な二人なんだろうか。

股関節が痛くなってきた。正直、とても達するどころではない。もう終わりにしたい。そうだ、そろそろ夫を射精に導かなければ、と初美は忙しく頭を働かせる。あれ、この人、どうやったら達するんだっけ。靄《もや》がかかったような記憶を懸命に辿る。夫の妙に懐かしい苦悶の表情からは、汗が流れ落ち、ほとんど雨になって初美の身体に降り注ぐ。早く楽にしてやらねば、と初美は危機感を持つ。

そうか、そうだった。この人、耳に舌を入れられるのが好きだったのだ。いつも幕引きはそれだったと、初美は思い出す。両手を伸ばし、彼の頭を力いっぱい引き寄せる。舌を固くして突き出す。いかんせん、皮膚がぬらつくので、簡単なことがままならない。何度も何度も夫の頭を取り逃がし、耳まで届け、と祈りを込めて、舌を痛いくらいに突っ張らせる。かつての自分がいかにしなやかに動けたか、栄光の時代を悔しく思い出すうちに、夫の身体がどさりと落ちてきた。

「あれ、え、いいの？」

「……もう、いい、もう、無理、休憩」

とうとう、夫は達することをあきらめたらしい。

マットの上に二人は横たわったまま、しばらく天井を見つめた。色々と頭を使い過ぎた。気を回し過ぎて、全く楽しめなかった。望んでいたように、自我が蒸発して、甘い水になってほとばしるような性行為には程遠い。やっぱり定期的にこなさないと何事もだめらしい。初美の快感はついに戻らず仕舞いだ。しかし、下腹部にはあの懐かしいしびれが広がり始めている。身体全体にいつになく満ち足りたお湯のような感覚がたゆたっている。夫なんて気にせず、もう少し延長するべきだったのではないか、とも悔やまれた。

一見綺麗に見えるけれど、こうしていると新しいはずの浴室全体がうっすらとカビくさいことがわかる。何組のカップルがどういう形でここを使用したのだろうか。潔癖性というわけではないが、いくつかおぞましい想像をして、初美はわざと身を震わせた。お互いの息づかいだけが、しばらくの間、浴室に響いた。それは天井にぶつかって自分たちの身体に降って来る。ふと、なんでこんなところに裸で二人居るのかとっさに思い出せなくなった。ほんの一時間前まで自宅で洗濯物を畳んでいたのはどこの誰だっけ。

「ねえ、シャワーは軽くあびるだけにしよう。お風呂はうちでゆっくり入りたくない？」

　夫もまた、ずっと緊張していたのがわかった。初美は手を伸ばし、彼のそれを握りしめようとする。ローションでぬるぬるしたそれは水揚げしたばかりの鯉のようでなかなかつかめない。今度は初美が早口になる番だ。待っていたってハッピーエンドなんてない。花火みたいなセックスをいつかこの人と出来る希望を胸に、少しずつしぶとく進んでいくしかない。

「昨日、湯船を洗っておいたんだ。アメニティのバブルバスだけもらって帰ろうよ。でも、また、来よう、ね。ここ、来てよかった。いろいろと、すごいところだよ。近所に出来てよかった。正直私たち、一生あんな感じだと思ってたし、別にそのままでもいいかなあと思ってたけど、いろんな可能性を感じたし、我々の未来は明るいと思えたな」

「そうだね、もうちょっとしたら、うちに、帰ろうか……」

　しばらくして、夫が死んだように軽く目を閉じたまま、ぐったりとそうつぶやいた。初美はローションのしぶといぬらつきを乗り越えて、しっかりと指と指を絡ませて夫の手をつかむことについに成功した。

解説

小橋めぐみ

まだこの世に、セックスというものが存在することを知らなかった子供の頃、私は、ハーフが何故生まれるのか不思議で堪らなかった。どうして日本人のお母さんのお腹から、金髪の赤ちゃんが出てくるのだろうか、と。ある時、両親と三人で近所を歩きながら、私は無邪気に母に聞いた。

「お母さん、ハーフが生まれるのって不思議じゃない？　どうして外国の血が入った子が生まれるの？」

と。聞かれた母はすかさず、

「ねえお父さん、めぐみが、ハーフって何で生まれるの？　だって」

と、少し前を歩いていた父に言った。立ち止まった父は、くるりと振り向いて一瞬母と目を合わせたあと、

「それはねえ、お父さんとお母さんが一緒に住んでいて、同じものを食べていると、そうなるんだよ」

と、ニコニコしながら答えた。(つまり誤魔化した。)

インターネットもなく、深く考えることもない当時の私は、その答えに納得した。

大人になった今も、この記憶は鮮明だ。

質問を父に振った母、一瞬のアイコンタクト、父の返答。

その後どういう経緯でセックスの存在を知ったのか、その時私はどんな風に思ったのか、そこは全く思い出せないのに。

さて。そんな子供時代にはきっと読ませてもらえなかったような小説を、今、私は堂々と手に取っている。おまけに恐れ多くも解説まで書かせて頂くことになった。


夫を愛し、愛されながらも、セックスレスが続いている初美、三十歳。同級生と浮気しそうになりながらも未遂で終わり、義弟によからぬ妄想を広げながらも勘違いで終わり、更には夫の同級生の女医に欲情しそうになりながらもブチ切られて終わる、クレイジーな日々を送っている。

読み始めたばかりの頃、「柚木麻子さんが官能小説をお書きになったのだろうか……?」と、ドキドキしながら頁をめくっていたが、めくってもめくっても、禁断の扉は開かれない。オトナの恋は始まらない。

扉は開かれないものの、夫だけを愛し、セックスレスと向き合い続ける初美の心情が、次第に官能小説とも恋愛小説とも区切られない、なんともディープな世界に読者を誘う。読み終わってしばらく放心した。

柚木さんは、あるインタビューで、この作品に対して、
「大学で専攻していたフランス文学をきっかけに不倫小説をいろいろ読んできたんですが、主人公の女性たちって皆、すごくレベルが高いんですよ。精神的に大人で、孤独に飛び込む勇気があり、道を外れる勇気もある。それを黙っている賢さもあり、夫とは会話がないのに、他の男性とは小粋な会話もできちゃうんです。つまり、不倫っていうのは〝子供〟には務まらないんだなって（笑い）。でも現実には、精神的に子供のまま結婚した女性もいるわけで、そういう人がどう性欲や夫婦に向き合っていくのか、というのを描いてみました」（日刊ゲンダイ）と、語っている。

確かに初美には、オトナの女の匂いがしない。夫には「はちゅ」と呼ばれて甘えているし、異性に向かって「あんたにゃ、がっかりだよ」と、ちびまる子ちゃんみたいな口調で話すし、何より妄想が爆走している。

一生セックスレスだと決まったわけではないのに、焦りはつのるばかり。季節が熟すのを待てない。余裕を持てない。

山田詠美の『放課後の音符《キイノート》』を十代で読んで「待つ時間を楽しめない女に恋をする資

格なんてない」というフレーズを呪文のように唱えていたのに、当時も今も、待つのは苦手だ。

「ああ、いつもこうだ。今手に入らないものを焦がれるばかりの人生だ。山田詠美の小説に出てくる大人のオンナにはなれない。」

　大人のオンナだったら、秘密を抱えたまま平気な顔をして夫婦生活を続けられるのかもしれない。でも初美は違う。幸か不幸かそれができない。

　異性といい感じになりかけても、〝戦地から命からがら帰還した、兵士のごとく〟愛する夫の元に戻る。懸命に、セックスレスの原因を探り、努力する。お互いの愛が冷めた訳でもなく、初美に魅力がなくなった訳でもない。周りの男性の目を釘付けにする豊満なバストの持ち主だ。愛する夫に、なかなか愛撫されないバストは、汗がそこに滴れば涙のように感じ、悲しいかな、少しずつハリを失ってゆく。夫に性欲がないのかと諦めかけていたら、鍛え抜かれた身体の女性の写真を見ながら、どうやら自慰行為をしていた。

　ならば、と初美は必死に身体を鍛えたのに、そこに夫は、ぐらりともなびかない。容姿じゃない。愛情でもない。性欲もお互いある。じゃあ、何だ、何なのだ。

何度打ち負かされようとも立ち上がって、敵に立ち向かう戦士のように、夫婦の間に横たわる〝セックスレス〟という名のモンスターに初美は挑み続ける。その熱は、確実に夫に伝わってゆく。

「もしかすると、すべては実りを待つようなものなのかもしれない。時間をかけて、手間をかけて、肌を合わせていれば、心を通わせてさえいれば。夫婦で居ることをしぶとくやめなければ。いつしか花はゆるやかに開くのかもしれない」

茶道、華道、武士道の如く初美は、セックスレス道を極めてゆく。

吐き出される想いは禅語のように、身体に染み渡る。

初美は健気だ。大人のオンナにはなり損ねたかもしれないが、持ち前のタフさと、一途な愛で、夫と向き合っていく。愛する人とセックスをしたいから。

性欲のずっとずっと先にある命をこの手で摑みたいから。

彼女の行き場のない性欲や愛情や母性が、どうか報われる日が来ますように、と祈らずにはいられない。

「奥さんと何年もしていない」と平気で豪語する既婚者を時々見かける。そんな男性には、この物語を読んでいただきたい。セックスレスはなんの自慢にもならない。この切実で、誠実な二人の奮闘ぶりを見よ、と。

そして今、これを読んでいるあなたが、幸せと性欲の間で揺れ動いているのだとしたら、官能のお守りとして、この文庫本をそっとカバンにしのばせてほしい。

特に、老舗バーで同級生と飲む夜なんかに。

（女優）

初出『オール讀物』
西瓜のわれめ　二〇一一年十月号
蜜柑のしぶき　二〇一二年一月号
苺につめあと　同年四月号
グレープフルーツをねじふせて　同年七月号
ライムで半裸　同年十月号
林檎をこすれば　二〇一三年一月号
柚子の火あそび　同年四月号
ピオーネで眠れない　同年七月号
桃の種はしゃぶるしかない　同年十月号
柿に歯のあと　二〇一四年一月号
メロンで湯あたり　同年四月号
よそゆきマンゴー　同年七月号

単行本　二〇一六年五月　文藝春秋刊

文春文庫

奥様《おくさま》はクレイジーフルーツ

定価はカバーに
表示してあります

2019年5月10日　第1刷

著　者　柚《ゆず》木《き》麻《あさ》子《こ》

発行者　花田朋子

発行所　株式会社 文藝春秋

東京都千代田区紀尾井町 3-23　〒102-8008
TEL 03・3265・1211(代)
文藝春秋ホームページ　http://www.bunshun.co.jp

落丁、乱丁本は、お手数ですが小社製作部宛お送り下さい。送料小社負担でお取替致します。

印刷・凸版印刷　製本・加藤製本

Printed in Japan
ISBN978-4-16-791273-4